ちくま文庫

老人は荒野をめざす

嵐山光三郎

筑摩書房

目次

老人は荒野をめざす

はじめに

荒野をめざすひとびと

私が生まれたのは戦時中の昭和十七（一九四二）年で、三歳のときに日本は敗戦国となった。ものごころつくころはそこらじゅうが焼け野原で、親を失った戦災孤児、俗にいう浮浪児が町をうろついていた。食うものがなく、草の根をかじって飢えをしのいだ。

疎開さきは母方の家、浜松（遠州中ノ町）で、土蔵白壁には機銃掃射された穴がつながって走っていた。旧東海道を死傷者を乗せたリヤカーがガラガラと通っていった。米軍の空襲をうけた市街は一面の荒野となっていた。

父が復員したのは五歳のときで、父の実家があった東京中野の家は焼け、藤沢の伯父の家の近くへ越した。肺炎で死んだ人の家があき、部屋を三日間かけて、アルコールで消毒した。このあたりも一面の焼け跡で、三軒長屋のオンボロ小屋だった。

生きのびたのは進駐軍が配給した脱脂粉乳を飲んだおかげである。ドブ色の、油が浮いたくさい粉乳はアメリカの家畜飼料だとあとで知ったが、それで育ったのだから文句をいってもはじまらない。腹が減って、裏手の寺の墓に供えてあった菓子パンを食って死ぬところだった。

それから二十年たつと、高度経済成長期をむかえ、あこがれていたアメリカ漫画のブロンディのような生活をしたいと思った。アメリカ人になりたかった。

一九六〇年代の高度経済成長期は、人間でいえば中学生時代の身長のようなもので、このまま背が伸びれば二メートルにも三メートルにもなるのではないか、と錯覚した。

それから半世紀余がたち、ふたたび暗く不安な時代に戻った。コロナ禍という思いもよらぬ感染症が蔓延した。いくら現在が不安で低成長といっても、私の世代は天国と地獄を体験しえただけでも波瀾万丈で運がよかった。

過ぎてしまえば、敗戦直後の悲惨な景色もなつかしい思い出となり、焼け跡にマンマルの太陽が沈んでいく恍惚は、いまも胸のうちに燻《くすぶ》っている。

私は中学生のころから芭蕉や西行にあこがれ、放浪願望があった。大学で専攻したのは中世の隠者文学で、卒論は鴨長明であった。長明は神官としての栄達をねがったが、果たせずに隠遁《いんとん》した。

学生のころは、隠者の過酷さは頭だけでわかったつもりでいた。鴨長明は山中に隠れてからも昔の栄華が忘れられず、たびたび都に出かけて再就職を試みた。長明の隠遁は怨恨《えんこん》によるもので、出家してからは、慚愧《ざんき》の思いを浄化することにつとめ、その格闘が『方丈記』となった。

「北面の武士」として鳥羽院に仕えた西行は出家するときに、とりすがる四歳の娘を縁の下に蹴とばした。かわいい娘を蹴とばすとはとんでもないハラスメント父親だが、失業して野に下るためにはそれぐらいの覚悟が必要だ。

三十七歳のとき、月刊雑誌の編集長をしていたが、勤めていた平凡社を退職した。会社の経営がいきづまり、希望退職者を募集したので、それに応じた。

「四十五歳以上の社員」が対象だったが、強引にやめた。一九八〇年代は経営不振のため希望退職を募る会社が続出し、どこの会社も、申しあわせたように、「四十五歳以上」という条件をつけた。経営者からみると、四十五歳以上は、給料が高いわりには生産力が悪い社員であったのだろう。社として採算があわなくなる分岐点が四十五歳だった。

社をやめてしばらくぶらぶらしているうち、たちまち貯金が底をついた。失業した私は、友人たちと小さな出版社をたちあげた。木造スーパーの八百屋の二階倉庫を改造したボロ社屋で、そこは貧しいながらも、鴨長明の庵を連想させる風雅な隠れ砦であった。

やけっぱちで野に下ったのに、それがかえって評判をよび、なんだかんだと繁盛してしまった。そうこうするうち、四十五歳になると、三十七歳のときよりもまして多忙な日々となった。

しかし、好事魔多しの譬えの如く、大量吐血して失神して病院へおくられて死にぞこなった。四十五歳定年説を地で体験するはめになった。


荒野は「荒れはてた野」で、朽ちた枯れ草の原が地平までつづいていく。人間が住んでいた地が荒廃して、砂漠となり、川は乾涸《ひから》びる。荒野と書いて「あれの」とも読む。かつては美しい草原で花が咲き、鳥や虫とともに人間が住んでいた気配がわずかにあり、荒野であるがゆえに、かえって生きていく闘志がわく。

開墾奨励《かいこんしょうれい》のための無税地は荒野申付といい、運上《うんじょう》の免除が行われました。それが固定した地名となり、高野《こうや》と命名される聖域が生まれた。高野山がその一つである。

平安時代の日本列島はそこらじゅうが荒野で、水運の要衝地や寺院建造の地が開墾され建造されていった。

明治、大正、昭和と時代がつづくと、開拓された市街がふえたが、令和のいまになっても、荒野は残っている。島国の日本列島を歩けば、いくらでも枯野に出会う。

いま、ひとりで森の枯野にテントを張ってすごす「ぼっちキャンプ（ソロキャンプ）」がはやっているが、宗房《そうぼう》（二十一歳）と名乗っていたころの芭蕉の習作に「月ぞしるべこなたへ入《いら》せ旅の宿」がある。「明るい月に照らされた道を通って、この月光旅館にお泊り下さい」、という野宿のすすめだ。

芭蕉最後の句は、
旅に病《や》んで夢は枯野をかけ廻《めぐ》る（病中吟）

簡単に訳すと、

「さよならぼくの枯野の思い出」

といったつぶやきでした。

芭蕉の思い出は荒野をめざした日々のことばかり。

大坂御堂筋《みどうすじ》前の花屋仁右衛門《はなやにうえもん》方の片座敷に臥《ふ》していた。

蕉門（芭蕉の弟子）は芭蕉十哲を筆頭に百人、五百人、千人ともいわれる。多くの弟子がいたが、そのぶん芭蕉没後の分裂がすさまじかった。

『おくのほそ道』で、

夏草や兵《つわもの》どもが夢の跡

と詠んだ。だれもが知っている句だ。

三代の栄耀一睡《えいようけっすい》の中《うち》にして、大門《だいもん》の跡は一里こなたに有《あり》。秀衡《ひでひら》が跡は田野《でんや》になりて……さても義臣《ぎしん》すぐって此城《このしろ》にこもり、功名一時《こうみょういちじ》の叢《くさむら》となる。「国破れて山河あり、城春にして草青みたり」と、笠打敷《かさうちしき》て、時のうつるまで泪《なみだ》を落し侍《はべ》りぬ。

これは芭蕉が見た荒野であった。かつて十五万人の藤原氏の都人《みやこびと》が住んでいた。義経主従や藤原三代の栄華は、生え繁《しげ》る夏草の中に夢のように消えてしまった。芭蕉が「ほそ道」の旅を終えて五年間かけて推敲《すいこう》したのは、崩れ落ちた荒野の断片のつなぎあわせであった。

芭蕉は江戸に出て、木曾《きそ》を廻り、東北をさすらい、大津幻住庵《げんじゅうあん》に潜伏して、自分がめざす空漠の地平をさぐってきた。風雅とはなにか、枯淡《こたん》の感触、不易なるもの、流れゆく時間に自己を託《たく》した。

五・七・五、わずか十七文字のなかに全生命を投げこみ、そこに一瞬の火花を散らしてみせた。芭蕉は連句（俳諧の連歌）のとき、発句の条件として「詠め」と頼まれたらすぐに出す。まごまごしてはいけないと説いている。結論を詠んではいけない。

初句につづく人の発想をふくらませて触発誘導する火花が発句である。

それは細い神経の針孔に言葉の矢をつきさすような魔法であり、流浪して遭遇した荒野に触発される。

最後にたどりついたのは、虚飾もなく技巧もなくただ「旅に病んで夢は枯野をかけ廻る」というまっすぐな独白だった。

芭蕉のもとへはつぎからつぎに見舞客がきたが、芭蕉は「自分の病気が不浄なので、離れの病室には入らぬようにして貰いたい」と申し出て、去来《きょらい》（京都の弟子で、芭蕉に落柿舎《らくししゃ》を提供し、芭蕉はこの庵で『嵯峨日記』を書いた）がその旨を書き記して貼紙とした。

病中吟の初案は「夢は枯野をかけ廻る」を「なを駆け廻る夢心」とどちらがいいか、と弟子の支考《しこう》に訊いた。

支考は答えようがない。

病気で倒れる前、故郷の伊賀で強引な歌仙を巻き、奈良をへて大坂へ来る途中もいくつかの句を得た。大坂「打込之会《うちこみのかい》」でずばぬけた吟は、

秋深き隣は何をする人ぞ

であった。

こちらのほうが「軽《かろ》み」があって発句としてすぐれている。

大坂の南御堂（難波《なんば》別院）に「旅に病んで……」の句碑がある。南御堂は巨大な鉄筋建築の真宗大谷派寺院である。御堂に入って左側に椎の大木が繁る一角があり、そこが碑のたつ庭であった。碑にビルのガラスに反射した西日があたり、道路を走る自動車の音がこだまし、ブォーンとバイク音がかぶさり、甲高い警笛音が重なる。碑を覆《おお》うように芭蕉の木が植えられ、枯れかけた大きな葉がゆらゆらと波うっている。碑は芭蕉の葉と一緒に御堂筋の騒音を聴いている。ビルの谷間を芭蕉の夢はかけめぐる。旅に死す、とはこういうことなのだと知る。


荒野に憧れたのは五木寛之の小説『青年は荒野をめざす』に触発された記憶があるからだ。週刊「平凡パンチ」に一九六七年三月から十月まで連載された青春冒険小説だ。タイトル文字は伊丹一三、挿画は柳生弦一郎。そのころ私は二十五歳で、町の荒野をさまよっていた。短髪にしてレイバンのサングラスをかけて遊ぶ不良青年のつもりだった。小説の主人公北淳一郎（ジュン）は新宿のジャズ喫茶でトランペットを吹いている。ジャズ奏者には陽気な哀愁があるんですね。

ジャズ狂の私は、連日のように新宿や渋谷や吉祥寺のジャズスポットを廻り、山下洋輔（私と同年）がひきいる中村誠一（サックス）、坂田明（トランペット）と親しく会っていた。いつの日かニューヨークやロスやパリのジャズの店へ行きたいと思った。渋谷道玄坂奥にあった「ありんこ」という小さなジャズ喫茶店のコーヒーは一杯五十円で、その店で唐十郎と会った。

「荒野をめざした青年ジュン」は大学進学をあきらめて、新宿のジャズスポットから、ヨーロッパの荒野をめざした。

『青年は荒野をめざす』を読んで、ソ連極東船舶公団船バイカル号に乗って旅立つ若者が出てきた。私の弟もそのひとりで、横浜港へ見送りに行ったときは、数百本のテープが乱れ飛び、汽笛が鳴った。桟橋の人々が手を振り、船体は静かに岸壁をはなれてシベリアの玄関ナホトカへ向かった。

出版社に就職して二年めになる私の尻にも火がついて「いつか荒野をめざすぞ」と誓った。

この小説は八章構成で、第一章は「霧のナホトカ航路」。

「さらば、日本よ、だ。ざまあみろ」

バイカル号の甲板では若い船客が陽気な叫び声をあげていた。

船にはトランペットのケースをさげたジュン（北淳一郎）と、髪の長い、陽に灼《や》けた少女マキ（麻紀）が乗っていた。マキはシンガーだった。

「どこまで行くの」

「行けるところまで行くんだ」

「ヒッチで？」

「何しに行くの？」

「さあ」

〈おれは何をしに外国へ行くのだろう〉

ジャズ。流浪、人間。生活——。

このシーンがしびれてズキズキした。ジュンは大学へ行かずに、ジャズメンになろうとしていた。

外国を流浪するとジュンが考えたのは、新宿のジャズ・スポットだった。コンボに加えてもらってトランペットを吹いていたときだ。「あんたの音はきれいすぎて共鳴させるものがない」とけなされ、「なにを……」と口論になった。その店にいたプロフェッサー・島木が声をかける。

「どうした？　また議論かね……」

なつかしい。ギロン。この時代は、ギロンの時代だった。裏道でも、会社でも、バーでもギロン、ギロン、ギロン。弁のたつ知識人が世間を仕切っていた。

プロフェッサーは一九二〇年代風のダブルの背広に、変色したソフト帽。膝までとどくマフラーと、虫くいだらけの外套。真白な長髪の下に老いたダチョウのような顔がある。ジャズを聴く格好がサマになっていた含蓄を吐く教授風知識人。

いましたね、こういうシルバー知識人。

「きみの演奏にはスウィングがないんだよ」

うるせえな、このジジイ、かっこつけやがって。よーし見てろ、と野心を燃やしつつアルバイトで十五万円ためて、放浪を決意したジュンはバイカル号に乗りこんでナホトカへ向った。

バイカル号のサロンでアマチュア・コンサートがあった。賞金は出ない。そのコンサートにサックス奏者アンソニー・フィンガーがいた。三年前にニューヨークから姿を消した天才的なサックス奏者。フィンガーは麻薬中毒《ジャンキー》になっていた。

アマチュア・コンサートでフィンガーと合奏することになった。閃めくフィンガーのソロ。血管がひきつるようなショックがジュンの軀をかけめぐる。フィンガーはスウィングする。暗く、重く、どこまでも哀しく音が疾走し、舞い上り、飛散した。

バイカル号は夜の海を霧笛を鳴らしながらシベリアへ向かう。

第二章は「モスクワの夜はふけて」。ソ連民間航空《アエロ・フロート》で魅力的なスチュワデスに会う。やわらかい金髪。すらりと格好のいい脚。くびれたウエストと、突き出た胸。高いヒールの靴をはいて、リズミカルに通路をいったりきたりする。ジェット機が雲海に突っ込んで、赤い果実水をマキのブラウスにかけた。怒りまくるマキに、ジュンは「モスクワで気のきいたブラウスを買ってやるよ」となだめた。

ジュンはリューバというスチュワデスに、モスクワのデパートの婦人用品売場を案内してほしいと頼んだ。リューバと、赤の広場のレーニン廟の前で逢うことになる。彼女は青年共産同盟員《コムソモールカ》だった。

で、ジュンはリューバと寝ちゃうんですよ。

フリーセックスと騒がれる北欧とはわけがちがう。ジュンは、日本語ではとても口に出せないようなキザな文句が、英語だとスラスラ出てくるのが不思議だった。これにより、日本の高校は実用セクシー英会話を必須課目とするべきだと考えたが、ジュンは、うまいこと最初の体験を持った。

第二章に百ドル紙幣の話が出てくる。ジュンが肌身離さず身につけている百ドル紙幣だ。この時代、流浪する日本青年は、お守りのように百ドル紙幣一枚を服の裏に隠し持っていた。私もそのひとりだった。

ジュンは国際急行列車に乗ってレニングラードへ向かい、さらにフィンランドをめざす。ここでマキとはお別れだ。モスクワの市街、金髪のリューバとの初体験。〈さよならだけが人生だ〉

熱血青春ドラマの第三章は「白夜のニンフたち」、トゥルク～ストックホルムの航海で不思議な日本人ケンと会う。フィンランドではバラの垣根の手入れや草むしり、屋敷の掃除のアルバイトをした。料理もした。リシュリュー氏という奇妙な紳士と会う。

リシュリュー氏は不思議な部屋へジュンを案内した。そこには人間の皮を張った電気スタンドがあった。若いユダヤ娘の胴体の皮膚をはがして作った笠。彼女は体一面に唐草模様の刺青《いれずみ》を彫られて皮をはがされた。ナチの偉い高官へのプレゼントだったという。

第四章「地下クラブの青春」。年増美人クリスチーヌの紹介で地下クラブへ。第五章「人魚の街のブルース」、第六章「パリ・午前零時」、ドイツの若者と大ゲンカ。殴りあいも、荒野を旅するアイテムだ。第七章「南ヨーロッパへの旅」。とジュンは荒野を彷徨する。

コペンハーゲン（第五章）で心残りな別れ方をしたマキと会う。アメリカ人らしき中年の紳士と連れだったマキはすっかり一人前のレディーとなっていた。

「また会えたわね」とマキが微笑する。連れの男は有名な彫刻家で、マキはモデルをしていた。終章「新たな荒野を求めて」で、ジュンとマキ、そして新宿からかけつけたプロフェッサーたちは、大西洋を渡ってアメリカへ向かう。

男も女も終りなき出発を夢見る時代だった。

友情、愛、優しい夢、そんな甘っちょろいもの一切に背を向けて荒野をめざす。ジュンはポルトガルのリスボンから、ノルウェイの貨物船に乗ってニューヨークへ向かう。飲んだくれの魂の中にも、人間には荒野がある。広い永遠の荒野。船は大きく揺れ、ジュンの胸のなかは砂漠の風の荒野だった。

「青年は荒野をめざす――ジュンは新たな荒野へ出発しようとした」

五木寛之氏の小説を読んでから、オイラも荒野をめざそう、と誓った。この小説を読んでヨーロッパからアメリカへ流浪する若者がいっぱいいた。プロフェッサーと言われる年をとった人物は「人生なんてものは二度も三度もやりなおしがきくものだ」と言う。

この海外遍歴小説を、五木氏は『ヴィルヘルム・マイスターの遍歴時代』をモデルにした、と語るが、別の人が『ハックルベリ・フィンの冒険』だと評した。私は「人

生劇場　海外篇」だと思った。

五木氏は昭和七年九月三十日生まれ（石原慎太郎と生年月日が同じ）で幼少年期を「大日本帝国」の植民地だった朝鮮ですごした。日本人教師の子として育ち、八・一五の敗戦を平壌で迎えた。その引揚げの実情は苛烈で、非人間的な現実があからさまにむき出しにされた。

ここに登場する荒野は「一九六〇年代の処方箋」として、若い世代を鼓舞し、挑発した。

私は学生のころから放浪願望があり、デフォーの『ロビンソン漂流記』やヴェルヌの『十五少年漂流記』やランボーの放浪詩にあこがれていた。二十八歳のとき、『モロッコ紀行』を書いたきだみのる（山田吉彦）と日本各地を廻った。雑誌「太陽」の「小さな村から」という連載だった。

きだみのるは明治二十八（一八九五）年生まれ。慶應大学中退後、二十四歳のときパリ大学に留学し、文化人類学者マルセル・モースに師事し、社会学を学んだ。戦時中、モロッコを旅して昭和十八（一九四三）年『モロッコ紀行』を発表した。その後雑誌「世界」に連載した『気違い部落周游紀行』がベストセラーとなり、映画化されて大ヒット。

きださんは博識で、女好きで食いしん坊で自由人だった。反国家、反警察、反左翼、反文壇。人間のさまざまな欲望がからみあった冒険者だった。

「小さな村から」を連載中は、旅先まで原稿料（現金プラス取材実費）を持って届けに行くのである。原稿と現金を交換し、旅先の風景を柳沢信が撮影した。

きだは戦前は林達夫と二人で『ファーブル昆虫記』十巻を完訳した。きだの根幹にあるのは『昆虫記』から学んだ哲学で、アナーキストの大杉栄や伊藤野枝、辻潤とつきあっていた。関東大震災後に大杉栄と伊藤野枝を惨殺した甘粕正彦とも会っていた。

戦時中にモロッコを旅して『モロッコ紀行』（日光書院）を書いた。定住を嫌い、借金の達人、数度の結婚をくり返し、婚外子をもうけていた。七十五歳のきだみのるはミミくんという快活な少女と暮らしていた。ミミくんはおテンバ娘で自分のことを「ぼく」という。きださんに、「ミミくんとはどういう関係なのか」、と訊くと「わが同志だ」といわれた。

きだみのるが「男装の小公女」と呼んだミミくんは、そののち波瀾万丈の人生を生きることになるのだが、私はその顚末を『漂流怪人・きだみのる』（小学館）に書いた。

日光書院から刊行された『モロッコ紀行』の巻頭六十ページにモロッコの写真が掲載されている。ライカで撮影された写真はモスケ（モスク）の塔、フェズの宮殿、パンを売る行商人、梅毒患者の娼婦、マラケシュの荒野、水を運ぶ駱駝《らくだ》、カサブランカの酒場、外人部隊、給食場に列をなす飢民《きみん》の群れ、支配者の家、水を汲む女、熱風の渓谷、砂漠への道、など百五十点余である。なにしろ写真家キャパと親しいんだからね。この写真を見れば、漂流するきだみのるの興味がどこにあるのかわかる。昭和二十六（一九五一）年に岩波新書として刊行された『モロッコ』には日光書院版の写真はなく、内容も改訂されていた。

きだみのるは日本の文壇外にいて、親しくつきあっていた小説家は開高健と檀一雄。規格はずれの怪人物で、腕力と意志で荒野をめざした。「自由の代償は死」という諦観がある。

私はきだみのると「二年間の流浪」をつきあって、平凡社から単行本を出し、二十九歳のとき、モロッコと、「青年は荒野をめざす地」を廻った。一年間の休職を申し出たが受理されず、「ならば退社する」と言うと、「半年まで」という許可が出た。荒野をめざすのは、けっこう交渉が求められる。私の前任編集者は一年間ヨーロッパを放浪して帰ってきた。

『青年は荒野をめざす』は、ザ・フォーク・クルセダーズのシングル曲（作詞　五木寛之／作曲　加藤和彦）となり、売上は二十万枚を超えた。B面は『百まで生きよう』(作詞　北山修／作曲　加藤和彦)でヒットしなかったが、長寿者がふえたいまならば、『百まで生きよう』はリアルなタイトルだ。

そのころ、荒野をめざした青年はジャズが好きだったが、いまジャズバーで飲んでいるのは年寄りばかりとなった。ジャズの名プレーヤーの公演会場に集まるのも年配者が多い。

かくして「老人は荒野をめざす」日々になった。若き日の体力はなく、気力も劣化してきたが、目をつぶれば、さらなる荒野が目蓋の裏をかけめぐる。

アメリカやブラジル、エジプト、ヨーロッパを旅すると、その地にすっかりなじんで暮らしている「老いたる日本人」に会う。ウラオカ君という高校時代の友人はブラジルへ渡って数年後突如ジャングルに入って消息をたった。その後「週刊朝日」にウラオカ君のことを書いたら、一カ月後にペルーから写真入り手紙が送られてきた。ペルー人の妻君との子どもと孫の写真だった。いつの日かペルーが東京ワールドカップ(サッカー)に出場するときは来日する、と書いてあった。

第一章　さらば思い出

さらば思い出

新型コロナワクチン六回めを接種した。今回はモデルナ。腕が痛くなり一晩悪夢にうなされた。体温をはかると38度5分だった。いままでこんなことはなかったので、解熱剤カロナールを二錠飲んで五時間眠ると、36度5分（平熱）に戻った。

これにより解熱剤はすぐ効くことがわかったが、まだボヤーンとしているので鮭茶漬けを食べながら考えた。

ワクチン接種をテレビ画像で見ると三秒間ほどに見える。まず注射針がアップにされ（痛そう！）、腕にぶすりと刺し（見ているほうも痛い）、一・五秒ぐらい注入してから引き抜く。茶道お点前みたいに練達している。

だけど実際には爪楊枝でチョンとつつくような、〇・五秒ほどの一瞬である。あれ、ワクチンの量を少なくしているんじゃないか、と疑ってしまう。サイギシン。

テレビの注射画像は手順を明確に示そうとするため、長く感じられる。六回めワクチンが効くのは五カ月間という。

感染者が一千万人を超えた。コロナの高波は五カ月で襲ってくる。おつきあい期間は年内いっぱいという意地の悪い女に交際期限を告げられたような気分になった。

感染力の強いオミクロン株の影響で増加スピードが上がっているのに慣れてしまったので、あまり騒がなくなった。

ロシアのウクライナ侵攻が始まり、プーチンの悪逆攻撃に目がうつるうち、コロナに関しては注目度が薄れた。日々ロシア軍を憎んで家にひっこみ、会合にも参加せず、ブツブツ言っているうち、足腰が衰え、外出すると道路の段差につまずいた。

プーチンが「サハリン2」から日本を追い出し、液化天然ガス（LNG）供給が滞り、電力不足で非常事態が重なった。アベノミクスなるインチキ政策をしてきた首相が、「紙幣（お金《かね》）なんかどんどん刷ればいいんです！」と声をあげているシーンが頭に浮かぶ。その結果、円安がつづいて、物価が高くなり、おさきマックラだ。

さあどうする、ったって、どうしたらいいのだろうか。戦争は飛び火して、コロナ七波が地球を襲撃して、行き倒れが再来する予感。

と町内をウロウロしていたら玄関の鍵をなくしてしまった。

昨年の緊急事態宣言のころひとつなくして、予備の鍵を作ったが、その鍵をなくした。机の上をひっくり返して捜すうちに、書評する本がどこかに消えてしまった。いらいらしてベッドのフトンをはがしたところで、眼鏡がなくなった。「なくなればどんどん買えばいいんです」ときめるとスマホがどこかへもぐりこんだ。

失せ物は連鎖していき、頭が混乱してマッシロになる。おーい、どこへ行ったんだあ、出て来いと怒鳴っても相手はモノだから答えてくれない。そのうちスケジュールを書きこんだ手帳が見つからず、呆然と立ちすくんだ。

三日連続して捜しているうち、いったいなにを捜しているのかわからなくなった。心を落ちつかせて、二階の寝室を徹底的に整理することにした。

この八畳間は、私以外はだれひとり立ち入れない地雷キャンプで、侵入禁止地域である。

新刊本や雑誌をつみあげてヒモでくくると、三十八束になった。つぎにテーブルの上にある文房具類をダンボール箱に投げ入れた。捨てる七箱と、保存用七箱を用意した。

5B鉛筆、ハサミ、消しゴム、インク、硯、セロハンテープ、液状のり、天満宮お守り、筆箱、マスク、手ぬぐい、ハガキ、とやたらあるな。チューインガム、電池、バッジ、取材メモ帳、小型石けん、地図、折りたたみナイフ、みんな捨てる。

ボールペンだけで三十本近くあって、そのほとんどはインクが固まっている。

捨てるほうの箱は、燃えるゴミと燃えないゴミにわけた。圧倒的に多いのはファクスされてきた原稿印刷紙や手紙と、本や雑誌の郵送物である。宛先に自宅住所が印刷されているので、それをはがす。

ヒコーキに乗るときに貰った洗面具セットが十二個あった。ビジネスクラスに乗るといろいろくれる。新幹線車内販売で買った酢コンブとホタテ貝柱は化石となってカチンカチン。ペシャンコになった釣り用帽子。磁石、古時計、巻尺、インク壺、クリップ、目薬、電車切符の半券、北京で買った松の実とザーサイ。

中学時代から使っている定規は捨て難い。ナショナル製の電池ゴミ吸い器は父の形見だから捨てない。スイッチを押して机の上の小さなゴミを吸いとる道具である。ロンドンの道具屋で買った望遠鏡も捨て難い。

上海で買った古時計はどうしようか。二万円を八千円に値切った時計で、二年前の大整理のときは捨てずにとっておいた。えーい捨ててしまえ。モスクワ空港で買った人形も捨てる。なんでこんな人形を持ってたんだ。店のオヤジの人柄がよかった。日本人はロシア人を嫌ってアメリカ人が好きだけれど、ロシア人は日本人が好きなんですね。

ホッチキスも捨て、輪ゴムでとめた名刺の束も捨てた。他人の名刺を捨てるときはハサミで切る。そうしないと悪用される危険がある。知りあいの社長の名刺も、知事の名刺も歌手の名刺も切り捨てた。

カセットテープを捨てたところでスマホが鳴った。部屋の奥にかけてあるジャンパーの中で鳴っている。ジャンパーの内ポケットに突っ込んであった。スマホと一緒にシワクチャの千円札が三枚出てきた。よしよし、とスマホをさすると、風呂場の脱衣所から眼鏡が出てきた。ただし二年前になくした眼鏡で、蔓がはずれている。蔓を輪ゴムでとめて、さきほど捨てた酢コンブをしゃぶると、熟成したしぶとい旨味が舌に広がった。ダンボール箱を廊下に出すと、部屋の畳が青々として湖のようだ。

不要品をダンボール箱につめつつ断腸の思いにかられた。捨てようか捨てまいか、と迷いつつ、捨てていくと思い出がひとつずつ消えていくのだった。くるみの実、ビー玉、絵はがき、手紙、小銭入れ、簡易コルク抜き、記念写真。

書斎兼用寝室を整理するとリヤカー一台分のゴミが出て、廊下に並べた。で、めったに入らない二階トイレに入った。電球がきれたままのトイレ。

すると、窓わくに鈴が光っていた。玄関の鍵につけている鈴ではないか。やったあ、やっと見つけたぞ。トイレの窓から夏の空が光り、リンリンと鍵の鈴をふった。

トイレのドア事件簿

日本の建築の玄関ドアは、外に開く型式が多い。わが家の玄関も外に開く。ヨーロッパやアメリカ住宅の玄関ドアは内側に開く。西部劇映画では、草原の一軒家の玄関は内開きで、悪漢が襲撃しようとすると、ドアの内側に机や椅子を置いて、入れないようにした。

明治以降導入された日本のドアが外開きなのは、玄関が靴ぬぎ場になっているからだ。日本は伝統的に土足厳禁国であるから、玄関で履物を脱ぐ。履いてきた草履なり靴を脱ぐ場所が玄関である。

そのためドアを内側に開けると、履物を置くスペースがなくなってしまう。履物問題が外開きドアの要因なのだ。

履物をつけたまま他人の家へ入るのは、赤穂浪士討ち入りのように、戦闘状態であることを示す。

ひと昔前の東映やくざ映画で、高倉健が仇討ちに殴り込むときも雪駄を履いたままだった。

敷地の隣に建つ実家は、玄関は外開きだが、大人数の客以外はほとんど使っていない。いつも使っている狭い勝手口も外開きだが、そこから狭い土間に入って台所に上がるドアは内開きである。これも履物を置くスペースのためである。

台所をへて茶の間に入るのは引き戸だ。茶の間の奥に縁側の廊下がある。縁側との境は明障子《あかり》で庭側沿いはガラス戸と雨戸となる。中廊下沿いには、外開きと内開きのドアがある。脱衣所へ入るのは内開きで、浴室はガラス引き戸。トイレは外開きである。

国分寺の画廊で赤瀬川原平展があったとき、建築家の藤森照信教授と会ったのでそのへんの事情を聴くと、履物置き場としてのスペースだけでなく、江戸時代以降の日本人の意識が関与しており、それは「危機感の淡泊さ」だ。

かつての日本は、鍵をかけずに外出しても泥棒が入ってこなかった。無防備であった。西欧のドアという物件の最大の相手は泥棒である。

明治以降の洋風化で、日本人がドアを導入したとき、それが外開きになったのは、泥棒のことが頭になかったからだ。盗賊の鼠小僧は大金持ちの家の蔵にしか侵入しない。それも屋根裏から忍び込む。

日本人はプライバシーのない環境のなかで生きてきた。したがって個室という感覚も薄く、プライバシーを守る空間はトイレくらいのもので、内側に鍵がかかる。

わが家のトイレのドアも外開きだが、ドアと廊下のあいだに手洗い場がある。

ドアを半分開けっぱなしにして週刊誌を読みながら座っていると、歩いてきた息子がドアを足で蹴ってバタンと閉めた。便器に腰をかけるときは、チラシだろうが古雑誌だろうが、アンパンの説明書だろうがなにかしら印刷物がないと落ちつかない。活字中毒とプライバシーと沈思黙考と唯我独尊とロンリーシルバー感覚のなせる業だ。トイレは哲学室という道場である。

二十二歳で就職した出版社での記憶が頭をよぎる。千代田区四番町にあった木造三階建て社屋は壁全面に蔦が茂り、夏になると淡黄緑色の小花が咲く「夢の梁山泊」だった。

中庭を取り巻いて社屋が増築され、コの字型の迷路がつながり、図書室と書棚の廊下が入りくんで、二百人ほどの社員がいた。冷房なんてものはなく、バケツに氷と水を入れ、足とビール瓶を突っこんで仕事をしていた。

中庭の奥に食堂があり、五十円定食のまずさに敬意を表しつつも身震いした。三十円を会社が負担した食券をちぎって、汗だらだら流しながらコロッケ定食を食べた。新入社員のとき、ベテラン編集者に「なんだコイツら」と睨まれることが快感で、こちらもサービスのつもりで生意気にふるまった。

問題はトイレだった。水洗便所なんてものはなく、しゃがんで用をたすポットン便所だった。

外開きドアで、内側から小さなネジでとめた鍵がかかるようになっているが、ひっぱると抜けそうな金具だ。

そのかわり、ドアの内側に頑丈な鉄の取っ手がついていた。

入るとき、ドアをトントンと叩き、返事がないことを確認してからドアを開けた。口で「トントーン」と言う人もいた。「入ってまーす」と答えると隣のトイレの戸を叩く。

トイレのドアはやけに丈夫だが、立て付けが悪く、開けるとき、ぎしぎしと音がした。会社で用をたす、ということが無様で、みっともない。家で出しきっておくことが要諦だが、酒を飲んだ翌日は下痢ぎみで、椅子に座っていても突然、催すときがある。便意が「鯉の滝登り」みたいにビーンと大腸をせりあがってくる。

入社して半年め、我慢していたがこらえきれずトイレに入ってしゃがみ、左手でドアの内側の取っ手を握りしめた。

うーんと唸って、ちょうど出かかったときなのでドアを叩き返す余力がなかった。取っ手を握っていればドアは開かず、隣の便所に行くだろう、と思った。額から脂汗が出た。ダーラダラ、ダーラダラ……。

こうなると意地と念力で言葉が出てこない。声を出せば、「いまどきの若造が……」とバカにされそうだし「黙秘する容疑者は、こういった心情なのだろう」と考え、横綱土俵入りの気合にも似た精神の高揚を感じた。原理的に言えば、「プライバシーの侵害」にあたる。用便は「他人の干渉を許さない個人の私生活上の自由」である。

内側に開くドアであれば、左手で強く押していれば開けにくい。

そうこうするうち、相手はドアが壊れていると思ったらしく、さらに強い力で開けようとした。

ぱっと手を放せば、ドアを開けようとしたテキは後方へひっくりかえるかもしれない。しかし、それは、あとから考えることで、「開ける力」と「締める力」が拮抗する闘いとなった。どちらかが諦めるまで攻防がつづいた。

この間わずか五秒間ほどであった。

テキは立っているが、こちらはしゃがんでいるので不利である。踏んばったものの、負けた。

取っ手をつかんでしゃがんだまま、外へポーンと飛び出してしまった。尻を出したまましゃがんでいる引っぱっていたのは、下中邦彦平凡社社長だった。尻を出したまましゃがんでいる

私を見て、下中社長はびっくりして、

「や、失敬〜」

と言って隣の便所の戸を叩いた。

退職後七年め、横浜戸塚にある彌三郎窯（平凡社創業者・下中彌三郎の陶磁器窯）で壺に絵付けをして焼いた。私は散る桜を描き、邦彦さんが「散る花の艶の名残りやにごり酒」という句を書きいれた。神楽坂の嵐山オフィスには故クニヒコさんと造った壺が鎮座しております。

廃園に咲く月見草

安西カオリさん（安西水丸のひとり娘・エッセイスト）に「『ポルトレ』の写真はどこで撮影したんですか」と訊かれた。

表参道の山陽堂書店で上田義彦写真展があり、そこに私の写真も出ていたという。上田さんはサントリーの広告写真を撮っていたベテランの名人で、多摩美術大学教授。景色の光と影をぶ厚いモノクローム写真に焼きつける。

二〇二一年には富司純子主演の映画『椿の庭』を公開（脚本・監督・撮影）して反響を呼んだ。

『ポルトレ』（PORTRAIT）という写真集の刊行にあわせての写真展だった。アマゾンで注文するとフランス洋書みたいな純白の本が届いた。

三十八人の作家、画家、詩人、美術家たちの肖像写真が掲載されている。安岡章太郎、小川国夫、山本夏彦、山田風太郎、三浦哲郎、北杜夫、種村季弘、吉本隆明、津島佑子、加島祥造、車谷長吉、大野晋、城山三郎……。わ、すごいメンバーだな。みなさん、幽愁のまなざしで虚空をにらみつけている。大島渚監督は、着物に身を包んで、口をへの字にまげ、眉間にしわを寄せて、木刀風の杖を握っている。

島尾ミホ（エッセイスト）は、夫（島尾敏雄）没後、奄美大島で頭から黒マントをかぶって暮らしていた。『死の棘』という「家庭内戦争」を闘った思いが、生涯喪服姿となった。怖いですよ。

漢字研究家の白川静は八十九歳の顔が活字に変容している。皺という漢字がそのまま顔になっている。

赤瀬川原平は愛犬ニナちゃんと一緒にニッコリ。懐かしい郷愁を誘う「老人力」の顔。原平さんが没してはや十年がたった。

辛辣なコラムで世間を罵倒した山本夏彦は「自分は他人」と断じていた。ムリして笑った表情が他人を装っていて、いたわしい。じつは人情家の夏彦さんである。

タネさんこと種村季弘は畳の部屋に酒の徳利と杯を置いてニッコリ。白い靴下をはいたまま、というところが書生風だ。

登場人物三十八人のうち、二十六人が没している。あらま、仏師関頑亭翁がいるじゃないですか。国立に住んでいた山口瞳さんの盟友で、風貌がドストエフスキイに似ているため「ドスト氏」と呼ばれ、山口瞳作品によく登場した。ドスト氏は二〇二〇年、百一歳で大往生された。

さらば思い出。親しかった人がつぎつぎと姿を消していく。生きていくことは思い出を忘れてしまうことだ。

生きている人では、東海林さだお、南伸坊、荒木経惟、細江英公、吉行和子、吉増剛造。

知人ばかりだな。と考えつつ私が出てくるページを見ると、二〇〇一年五月（小雨）撮影とある。二十三年前、自宅の庭の片すみで、傘をさして煙草を吸っている。

ぼんやりと思い出した。すりへった下駄をはいて庭の椅子に足を組んで座った。撮影時間は十五分ぐらいだった。

上田さんの魔術によって、なかば廃園と化した庭は、太古の森のように見える。父の友人の造園家が六十年前に設計した庭で、コンクリートで三日月型の池を造った。池の端からびっしりと砂利をつめて、雨水が流れこんで溜まる。

国立という町は東京のはずれにあって、貧相な家屋を草ボーボーの原っぱに建てた。庭じゅうがすすきだらけでキツネやイタチが出た。

カド地にあったので、家の庭を斜めに歩く細い道ができて、そこを人が通った。近道として通る人が家の中をのぞくので、塀を作って入れないようにした。造園家は、庭にあった栗や楢の木を伐って松、竹、梅、楓、山茶花、柿、椿、木槿などの樹木を植えた。垣根はどうだんつつじ（満天星）、玄関は赤と白の山茶花。池の横には藤棚、駐車場の屋根は葡萄。

すすきの原っぱだった一角が五十年たつと廃屋の庭みたいになり、蜜柑や柚を植え足した。

花壇を造ってカンナの球根を植えた。

私の夢は海沿いの白い家に住んで、庭一面に赤いカンナを咲かせて、ラディカルに暮らすことであったが、はたせず、国立の陋屋で暮らしました。

夏がくるたびに植木屋の職人に頼んで木の枝を伐ったが、職人頭が死んでしまったので、庭じゅうがジャングル化した。ちょうどそのころに撮影した写真だった。

三日月型の池は土を埋めてつぶしだ。周囲に家が建って、道路からは見えない「秘密の花園」（パティオ）となった。私の家を建てたとき、最初に書斎の撮影にきたのは篠山紀信で、「おめえも偉くなったもんだな。俺が撮影にくるなんて」と言った。「小説新潮」の撮影だったので「着物に着がえろよ」と指示された。

上田さんはファインダーを上から覗くタイプの中型カメラ、マミヤで撮影していた。少しずつ思い出してきた。

職業がら多くの写真家と仕事をしてきたが、熟練の人は撮影の時間が早い。五月雨が降ったりやんだりするなかの撮影で、紙焼きも雨で濡れている気配。それにしてもどこの雑誌だったのか。

と、取材記を読むと、簡潔にして明晰。取材したときの印象をそのまま書いている。だれだろう、と思って奥付を見ると、発行所田畑書店、発行人大槻慎二とあった。え？　大槻慎二といえば朝日新聞社出版局で月刊「一冊の本」を編集していたオオツキ氏ではないか。「一冊の本」に連載された写真だった。

二十五年前、私は「一冊の本」に『美妙、消えた。』という伝記小説を二年半連載し、二〇〇一年九月に朝日新聞社から刊行した。単行本の装丁は南伸坊だった。

奥付にある田畑書店に電話をすると「ごぶさたしております」となつかしい声が聞こえた。「取材記の執筆は坪内祐三さんに頼んだが、断られたので、しかたなく自分で書くことにした」とのことであった。

『ポルトレ』の、私の前々回は長野県伊那谷に移住した英文学者の加島祥造で、フォークナー作『八月の光』の翻訳者。『タオ―老子』（筑摩書房）が評判となってよく売れた。大槻君も同じく伊那谷の生まれで加島氏の『タオにつながる』（朝日新聞社）を担当した。

いろいろありましたなあ。大槻君は「一冊の本」のあと、「小説トリッパー」や「朝日文庫」編集長をしていた。二〇一一年に朝日新聞社を退職して、二〇一六年に田畑書店四代目社長となった。

流れ流れて生きていくのが編集屋稼業で、私もその一人だ。草ぼうぼうの廃園を見ると、紫陽花《あじさい》の花が枯れたまま枝にぶらさがり、その下に月見草が咲いていた。田畑書店の最新刊は安西水丸著『たびたびの旅』。これも奇遇。旅さきから水丸が絵と文で送る旅の便り。月日は廃園の風となって流れていく。

盟友水丸とは数えきれないほど仕事をしたが十年前に他界してしまった。私もそろそろ、そちらへ行く。「さらば思い出」と西の空にむかって声をかけた。

横綱双葉山の小指

昭和の名横綱双葉山は大分県宇佐郡（現、宇佐市）に生まれ、五歳のとき吹き矢が当たって右眼がほぼ失明という状態になったが、このことは現役のときは秘していたから案外知られていない。双葉山は「ゲゲゲの鬼太郎」と同じく独眼の人だった。廻船業を営む父を助けて碇綱《いかりづな》を巻いたとき、右の小指のさきを綱に嚙まれてもぎとられ、歯を食いしばって血が流れる小指を握りしめた。双葉山がうちたてた数々の記録は、こういったハンディキャップを乗りこえた結果だった。

九歳で、母みつゑが死去。十三歳で父の帆船日吉丸に乗っていたとき、嵐で船が沈没し、通りかかった伝馬船に救出されて九死に一生を得た。ふたたび父子で石炭運搬船で運送業に従事するが、父が破産し、借財だけが残った。

十五歳で立浪部屋へ入門。体重七一キロ、身長一七三センチの小兵力士であったが、船をこぐ労務をしていたため、腰が強く、足裏の踏んばりが安定していた。大分県警部長であった双川喜一氏が目をつけて、立浪親方を紹介されて入門した。双川氏にちなんで双葉山という四股名をつけた。

朝の四時から馬車馬的に稽古し、十九歳で十両に昇進するが三勝八敗と負け越した（当時は一場所十一日）。翌場所は奮起して七勝四敗となった。

双葉山後援会の話がもちあがったが「まだ三役にもならない」という理由で流れてしまった。すると双葉山は「偉くなってからなら後援会などいらねえや」と言って、その話を聞いた双川氏が後援会を作った。双葉山は大いに喜び、「きっとご恩に報います」と目を輝かした。後援会のボスに「煙草を一本ください」と頼んで、うまそうに喫《す》った。「もう煙草をやめる決心をしたので、最後の一本をあなたから貰いたかった」（加藤進『歴代横綱物語』）。

昭和七年（双葉山は二十歳）、「春秋園事件」がおこった。関脇天竜が中心となって相撲協会へ待遇改善を要求し、出羽海一門の力士三十二名が大井町の中華料理店「春秋園」に集結した。交渉はまとまらず、力士たちは髷《まげ》を切り「大日本新興力士団」を結成し、春場所は残留力士で興行された。

西十両五枚目だった双葉山は繰りあげで幕内の前頭四枚目となって勝ち越し、翌名古屋場所で準優勝した。有力力士が去り、相撲人気が衰えた状況で、奮闘した。

期待の新入幕で、上位の厚い壁を崩して踏んばったところに意地と根性がある。

昭和十一年は東前頭三枚目で七日目より69連勝がスタートした。

翌場所は新関脇で初優勝して大関に昇進し、全勝優勝が三場所つづき、横綱に昇進した。こうなったらもう止まらない。横綱でさらに二連覇（五場所連続）して66連勝。あんまり強いと、飽きられるが、昭和十三年春場所の九日目、両國戦で二十六分に及ぶ大物言い取り直し相撲でわかせて、ますます人気が出た。小兵力士のため、うっちゃりが得意で、千変万化《せんぺんばんか》の取り口。無意識のうち体が動いた。右眼が見えないため、「心眼」を開いて闘ったが、観客はその実情を知らない。

五場所連続全勝優勝した昭和十三年（二十六歳）、日本が占領していた満州への巡業でアメーバ赤痢に侵され、帰国後は大阪で入院した。ライバルの横綱玉錦は盲腸炎手術の失敗で急死した。

昭和十四年、春場所、体重は二〇キロ以上減り、体力が回復せず親方からは「休場するか」と打診されたが回復しないまま無理に出場して、四日目に新鋭の幕内力士安藝ノ海に敗れて70連勝は達成できなかった。安藝ノ海は、双葉山の右目が失明していることを知っていたという説がある。

号外が出るほどの騒ぎとなったが、十五日制となった翌場所に全勝優勝し、翌々場所は十四勝一敗で優勝した。昭和十五年の五月場所、初の途中休場となるが、五週間、福岡県の山に籠もって滝に打たれて苦行精進し、再び四連覇（31連勝）した。負けても、休場しても、不死身の横綱として再生していくのであった。

戦時色が強くなるなか、国技館は連日満員札止めの盛況となった。70連勝を止められた安藝ノ海との対戦では、以後九勝〇敗で一回も負けなかった。現役中に双葉山道場を開設した。

双葉山は怪我をしない力士だった。若いころは「人気がなかった」と告白している。ただ少年時代の海上生活で身につけた腰の力には自信があった。小舟で櫓をこぐときの腰と足の爪先、とくに親指の力とのコンビネーションが、ものをいった。

日本が、第二次世界大戦で無条件降伏した昭和二十年、双葉山は三十三歳で引退した。敗戦後、東京の市街が焼け野原になったなかで開催された秋場所であった。総取組数（幕内）345。276勝68敗。勝率8割2厘。

体力が衰えて自信がなくなり、横綱としての限界がきたと悟った。世間では、「双葉山は百連勝をめざしている」と噂されたが、その日の相撲に勝つことしか頭になかった。

東京に造った「双葉山道場」が戦火で焼け、顔にできた腫物が治らなかった。

引退後は四十五歳で大日本相撲協会理事長となり、部屋別総当たり制など、かずかずの改革を行った。

双葉山の相撲は「受けて立つ」、いわゆる「後手のさき」であるが、小兵力士には、「できない相談」だった。相手の息で立つ、向こうが立てば立つ、しかし立った瞬間にはあくまで機先を制している。この取り口を身につけるために、いったん土俵に上がった以上は、あらゆる機会を逸しないという心構えが必要である。土俵に上がったときに勝負がはじまっている。右眼が見えないので、無駄な動きはしない。眼にたよらず心身一如で闘う。

そのため、「双葉山はそんな強い力士ではない。だが、どの力士よりもただ一枚強いだけだ」といわれた。格段の力量の差ではなく、「ただ一枚強い」力士であったのだ。これぞ横綱魂であって、品格とは別レベルの闘魂である。

双葉山は五十六歳の若さで没した。生きていれば「品位だの品格だのときれいごとを言うな」と断じただろう。

戦略的老人

くにたち市民芸術小ホールで怪人フジモリ（藤森照信）が基調講演をする旧国立《くにたち》駅舎再築記念シンポジウムがあった。怪人フジモリは野蛮ギャルド（赤瀬川原平命名）の建築家で、赤瀬川邸・ニラハウス（屋根一面にニラの苗を植えて、花を咲かす）を建て、長野県茅野市にある実家の畑に高過庵《たかすぎあん》という茶室を作って評判になった。六メートルの栗の木のてっぺんに茶室を建造し、錆びた鉄梯子を十四段登ってから、さらに別の梯子でにじり口に到達する（鉄梯子は無断侵入を防ぐため、普段ははずしている）。にじり口から茶室へ入るとシャカシャカと抹茶をたててぐびーっと飲みつつ眼下を見た。山と森がセザンヌの風景画のようだった。

現場での体感を基準にして設計する縄文式棟梁《とうりよう》である。高校同級生のシューちゃんと並木君と一緒にフジモリ講演を聴きにいった。旧国立駅舎が復元されて、みなさん嬉しそう。

国立駅が開業されたのは大正十五（一九二六）年で、そのころの地名は谷保村だった。国立町として町制施行されたのは昭和二十六年で、駅のほうがさきにあった。

芸小ホールは超満員の客だが、隣の国分寺市に住む藤森氏は、開始十五分前になっても、やってこないので、市長はじめ観客は不安になった。

シンポジウム開始七分前ぎりぎりに到着した怪人フジモリは、あいかわらずマイペースで、着くやいなや水一杯を飲んで壇上に登り、駅舎や一橋大学の建築を語った。何年か前にシューちゃんと並木君を連れて長野の高過庵へ登ったことを思い出し、暮れてゆく秋をしみじみと見た。なんだかんだと日々が過ぎて、戦略的老人として生きていくのである。

いまは「老人」ではなく高齢者というが、じゃ、小学生は低齢者とよぶのかね。「新人」がいれば「老人」がいる次第で、忍び寄る老後崩壊を書いた藤田孝典著『下流老人』（朝日新書）が刺激的だ。年をとると、周囲に「安心して頼れる友人がいない」という社会的状況が深刻である。緊急時の要は「老人の戦略」で、仲間とつるんで情報のアンテナから目を離さない。

手づくりの老人。

怪傑老人丸、

恋する老人、
横着爺い、
井戸端大老、
安眠中老、
紋付爺さん、
スッポン翁、
遊学家老、
瓢箪老骨、
田園老僧、時雨老体、骸骨老子、愚痴老兵、落涙老丁、徹夜老兵（嵐山）といろいろいるな。コロナによる、発熱老台、
奮発老兄（並木君）、俳句老筆、書生老弱、議論老体（シューちゃん）、慚愧千万老人、煩悶老優、純粋老輩、満月老爺、弁解老荘学派、結納老足、斬新老奇人、気息老夫、名誉老年、挙動不審老友、修業老傑、頭脳老年、鑑定老兄、現金一億円老舗、突発老君、太政老弟、佃煮爺い、晩餐老家、癇癪老帝、改良老鬼、粥三碗老茶人、強情翁、塩センベイ老家、義太夫老僕、傍若無人老、半可通老年、墨汁老梅、豪快老翁、十年門館老、もとの木阿弥《もくあみ》老史。

と、いろいろのローローローローローローローローロー百花繚乱老人がおりまして、下流だと思いつめてちゃ老兵のコケンにかかわる。老人の花咲く散歩道をゆくには、中学時代の同級生とつきあうのがよろしい。

という次第でその翌日はくにたち郷土文化館「カメラが写した国立」を三人で見にいった。昭和三十七年ごろの公団国立団地の写真の前で足が止まった。団地の窓から竹竿が出て、パンツ、ステテコ、手ぬぐい、敷布が干してある。窓という窓から洗濯物がはためき、はなたれ小僧が自転車で赤土の上を走り廻る。この小僧たちはひと昔前のオイラじゃないの。ジジイ三人はたちまち昔へ戻って感慨にふけるのでした。

そうだ、富士見台第一団地へ行こう。

並木君が運転するクルマで第一団地へすっ飛んだ。シューちゃんがこの団地に住んだのは昭和四十三（一九六八）年で、三号棟の一番右の部屋だという。築五十年以上たったが、その部屋のベランダに洗濯物が干してあった。花柄の半そでシャツとブルーのソックスと短パン。はは—ん、若い夫婦が住んでいるな、と察した。昔の公団住宅だから、芝生のスペースが広い。十二月になろうというのに、ケヤキが紅葉していずれも二五メートル以上ある並木道になっている。イチョウはゴッホが描くヒマワリみたいな黄色になり、モミジは山火事みたいにマッカッカ。桜は上の葉は枯れたが、下の葉はだいだい色で、花みずきも紅葉している。ケヤキの森林に囲まれて団地がある。

砂場を、裸足の子が走っていく。鉄棒、すべり台、すべてが時代物で、ベンチもひとつずつ型が違う。この建築はデザイナーズ・ダンチなのだ。原宿アパートの国立版といったところ。中庭沿いの一階には古ぼけた郵便局。

夕陽を浴びたケヤキの樹影が、五階建ての団地の壁でゆれる。枯葉をバリバリと踏みしめて歩くうち、夢の町へ入りこんだ気分になった。

賃貸ルームに家族と四人で住んでいたシューちゃんは、団地の商店街で、化粧品や鍋や生活用品を売るサトウ商店を経営してたんだって。国立商工振興株式会社社長のあと「自然と文化を守る会」会長として慕われるシューちゃんに、そんな時代があったのだ。

顔が広いシューちゃんは団地の商店主から、やたらと声をかけられる。ダイヤ街の広島屋の主人は、シューちゃんの前の商工振興社長だった。ダイヤ街にはテーブルと椅子があり、そこが団地の人たちの団欒スペースになっている。広島屋で金華サバミソ缶を買った。テーブルの横に、ピアノがひとつ置いてあり、シューちゃんが右手一本で童謡らしき曲を弾いたからビックリした。北朝鮮製のピアノだというから二度ビックリ。

鶏肉の「鳥たけ」で肉ダンゴの焼き鳥三本、もぎ豆腐店でレンコンのきんぴら三皿、魚善でアジの南ばんづけを買って、手打ちそばのきょうやで穴子天せいろを食べた。団地の商店街や食堂は、どこの店も味に情味があって、舌に思い出が寄り添っている。コンクリートの蜃気楼アパート。五十年前の「ナウなヤング」が、ステテコはいて商売をしている。いまは二代目になって、いささかリニューアルされたけれど。

時代物の建築なので、水道管は古くなり、電気配線が旧式だし、エレベーターもついていないから、老人は上の階には住めそうもない。あと何年かたてば建てかえられるだろうが、この古さが気にいって住んでいる人がいる。俳人や画家・音楽家・書家・手相見もいて、UR国立富士見台が入居者を募集している。案内板に「礼金0円、仲介手数料0円、更新料0円、保証人不要」とある。先着順受付で、ハウスシェアもOKという。URとは都市再生機構で、ムカシの公団が独立行政法人になった。そば屋から出ると、西の空に夕焼けが広がった。凍《こご》えるような、それだけ身にしみる夕焼けを冬茜《ふゆあかね》という。冬茜の空をヘリコプターがペラペラと音をたてて飛んでいき一句。

冬茜ペラリペラペラヘリが舞う

田辺聖子十八歳の日記

『経済白書』が「もはや戦後ではない」と、託宣を下したのは昭和三十一（一九五六）年である。

その十一年前（昭和二十年）、日本は無条件降伏して、連合国軍最高司令官総司令部（GHQ）のマッカーサー元帥は、財閥解体（三井、三菱、住友、安田）、農地改革、と政策を決定実行し、新憲法を制定した。

日本は新憲法の政府案を提示したが、「手ぬるい」とされ、GHQ自身が作った要綱が示された。それは天皇を象徴として認めながら、国民主権の立場をとり、基本的人権を保障した。さらに第九条の「戦争放棄」は、従来の憲法にはない特徴を持っていた。

「戦争放棄」は日独伊三国同盟（昭和十五年）によってアジア侵略をした日本へのペナルティーであったが、「戦争の惨禍」を反省した日本人は実直に受け入れた。

広島・長崎と徹底的にやられたから、GHQの理想的案に「これぞ天の声」とうなずいた。GHQも、「戦争悪をなくす理想」をかかげた。敗戦国だから受け入れるしかないが、アメリカには原爆を落とした罪悪感があったと察します。

そのうち朝鮮戦争が始まると、日本はアメリカを主とする国連軍の軍事基地となった。米ソの冷戦により、日本を共産主義国進出の防壁とした。

軍事特需となり、日本はあっというまに戦前をこえる生産水準となった。

朝鮮戦争の「漁夫の利」により日本は復興した。

敗戦後五年で、ディズニー映画「白雪姫」を見て、笠置シヅ子が「買物ブギー」を歌って、わてほんまによう言わんわ。こんな敗戦国ってありですか。

敗戦後七十七年たったいまは、「もはや戦前である」様相を呈し、「降る雪や戦後は遠くなりにけり」ですね。

北朝鮮は弾道ミサイルを日本海に向けて発射してくる。北朝鮮の科学技術は極めてレベルが高い。日本本土が襲撃されれば、戦争が始まり、「戦争放棄」なんて言ってられない。自衛権という名の戦争がはじまる。

中国は南シナ海の南沙諸島の領有権を主張し、沖縄・尖閣諸島への侵入が常態化している。台湾や新疆ウイグルの運命は「風前の灯」だ。中国は世界最強国家で人口も多いが、経済政策の行詰りで失速している。

ロシアはウクライナとの国境付近に大規模な部隊を集結し、NATO軍と一触即発に直面し、第三次世界大戦はどこでもおこりうる。いまは戦前なんですよ。

と、考えながら『田辺聖子　十八歳の日の記録』（文藝春秋）を読んだ。「おせいさん」こと田辺聖子さんは令和元（二〇一九）年に九十一歳で逝去されたが、伊丹市梅ノ木にある自宅から昭和二十年四月（数えで十八歳）より昭和二十二年三月までの日記が出てきた。学徒動員、空襲罹災、買出しの記録である。

おせいさんの実家は、JR大阪駅近く（福島区）の市電通りにあったハイカラな洋風の田辺写真館で、撮影スタジオが二階にあり、住み込み技師五、六人がいた。

昭和二十年、お嬢様学校の樟蔭女子専門学校国語科に在校中のおせいさんは、学徒動員で兵庫県尼崎市の飛行機部品工場で働き、会社の寮に住んでいた。

三月に第一次大阪大空襲があり、二七〇機を超えるB29が市の中心部を爆撃した。

おせいさんの実家裏の畠《はたけ》で、防空壕でむし焼きにされた人間の死屍が発掘された。畠の整地をしていると「肉」だとか「死人」だとか聞こえた。女たちは防空壕の中へ入らず話しあっている。土運びの蓆《むしろ》の上に、土にまざって、牛肉の筋に似てぶよぶよと赤い土まみれの肉が見えた。あんなにも生々しくあざやかな血汐の色が不思議だった、とある。

「ええ肥料になりますやろ」とおばさんが残忍な諧謔《かいぎゃく》を弄してエへへと笑う。十八歳のおせいさんはそのシーンをしっかりと見て書いている。

「肉の特別配給だっせ。御馳走したげまひょう」

おせいさんは十八歳にして、小説家の目で、凄惨な会話を記録している。年より婆さんは、きゃらきゃら笑い、男連中は死体発掘後の処置を話しあっている。

六月一日に第二次大阪大空襲があり、九時頃から防空壕に入った。四五〇機を超えるB29が市街地を爆撃した。壕を出て空を見上げると、恐ろしいばかりの雲がムクムクと起こっている。教室の窓からは、炎や煙が遠望されて自宅へ帰ろうとした。焼夷弾の煤《すす》がまじった雨が降り、至るところ交通遮絶である。

黒煙がもうもうと天に込め、ちろちろと紅蓮《ぐれん》の舌がひらめいた。

おせいさんは十八歳の戦場記者となり、実家が焼けたことを知る。

東京大空襲の地獄図は半藤一利氏によって書きとめられたが、大阪大空襲は高校生田辺聖子さんによって記録されていた。

この年、大阪に八回の米軍爆撃がくり返され、八月十五日に終戦となった。この日記には罹災後の大阪駅周辺、御堂筋本町付近、大阪城一帯など、焼きつくされた市街地写真（田辺写真館蔵）も掲載されている。

終戦の年、十二月二十三日に、父貫一が満四十四歳で病死した。ダンディだった父は、「お母ちゃんよう」と、マッチ軸のように細い手を母の首に巻きつけ、胸に顔を埋めて眠った。おせいさんは、それをじっと見て、日記に書きつづる。この一節を読みながら、マッチ軸をとり出して子細に観察した。凄い描写力だ。

ドイツの無条件降伏とヒットラーの自決、サイパン島の日本兵自決に関しても詳しく書いている。広島への原爆投下に関して、「その残虐甚だしい」ことも知っていた。しかし、校長は「ソ連との開戦や広島の爆弾のことは放言するな」と言った。

米軍機がまいた縦四、五センチ、横七、八センチのビラに憤慨する「純粋培養の軍国少女」は、八月十五日の無条件降伏に痛恨の涙を流し「われわれ罹災者は家を焼かれた。また闇をにくみ、不自由に堪えた。何事ぞ」と述懐する。

そして、戦後は、「あいまいな靄《もや》の彼方に隠れ隠れ、沈んでしまう……胸を焼く火がほしい。この身体すべて溶鉱炉の中へでも入ってしまいたい」と誓う。

大阪ことばを巧みに駆使した文体で、大阪伝統の笑いを語る。その底には透徹した時代観察眼がある。

おせいさんの地平に大阪の焼け跡の荒野がある。

横尾さんの夢日記

夢を見る人と見ない人がいる。私はよく見るほうで、会社をやめたときは電柱に張ってあった求人広告を見て、訪ねていった。五反田にあるベッド販売会社で、社長は細おもてでペラリと貧相な顔をしていた。すぐ帰ろうとすると、呼びとめられ「きみを販売課長にする」と耳もとでささやいて、金玉をぎゅっとつかまれた。なにすんだバケモノと腰をすぼめて逃げたが、しぶとく追ってきた。怖かったですよ。ベッド販売会社の妖怪は執念ぶかく、いまなお、夢のなかで脅迫され、そのたびにギャーッと大声をあげて目がさめる。

小学生のころは空を飛ぶ夢を見た。忍術使いとなって鷲と戦い、海中で鮫を退治した。月夜の晩は、一橋大学時計台のらせん階段を登り、てっぺんから町中を眺めた（これは実体験）。現実と夢が重なる。

お金を拾う夢を見た。五円玉、十円玉、百円玉が地面の上に落ちている。やったア！と胸おどらせて拾い、ポケットにつめると、上着が重くなった。おかしいぞ、こんなにお金が落ちているはずがない。これは夢に違いないと思うと、やっぱり夢であった。残念！

夢で死んだ父と会った。父は庭の繁みを見て「今年は紫陽花《あじさい》の花が少ない」と言った。「去年咲きすぎたんだよ」「そうだったね」。父が死んだことは頭のなかにあったが、死者と話しているのが奇妙ではない。夢のなかで、死んだ肉親や友人と逢う。夢は死者との面会室であるが、これは期限つきで、没後十年もたてば逢わなくなる。

父が生きているとき、「昨夜、おまえの寝言を聞いたよ」と言われた。え？　なにかしゃべってたの、と訊くと「おまえの秘密を告白していたよ」とだけ言われた。私は昔から秘密が多い少年で、嘘つきだった。

夢は睡眠中に見る幻覚で、目ざめたあとにそれに気がつく。夢の内容はぼんやりと脳に残るが、角砂糖が溶けるようにミルミル消えていく。

夢の内容は、視覚、聴覚がメインである。個人差はあるが映像が連鎖する。聴覚は人の声、風の音、海の音、鳥の声。虎が吼え、雷の轟音、虫の鳴き声、雨だれの音。耳を澄ますといろいろの音が聞こえる。

味覚もある。若いころは鰻丼を食べようとする寸前に目がさめた。訓練が足りなかった。味わえなかった無念をはらすため、「夢かもしれない」と疑わずに食べる稽古をした。根性で味覚を鍛えるうちに、味わえるようになる。食べてしまえば、夢は記憶に残る。

あと運動感覚。抑圧されていた願いを充足させる。目（視覚）、耳（聴覚）、鼻（嗅覚）、舌（味覚）、心（運動感覚）の五覚が夢にあらわれる。

夢を見る訓練は『横尾忠則　創作の秘宝日記』（文藝春秋）を吟味熟読すればよろしい。この本は横尾さんの夢日記で、二〇一六年の五月十日は米国の宇宙飛行士と月面に降りた。その結果、月の内部が空洞であることを発見したという。その二日後は南仏のピカソのアトリエで、裸でパンツ一丁のピカソを撮影した。ピカソの頭の上を飛ぶ蠅がうるさいので、宙に飛びあがって蠅を叩き落とす。飛ぶ蠅を落とすのは横尾さんの特技だ。

横尾さんは冒険活劇の夢ばかり見ていた。五月十六日はパリのホテルに宿泊して、空港へ行く前に目がさめる。目がさめてまた眠り、南国の島にアトリエを持つ。東京と二つの拠点ができ、浮き浮きした気分で、覚醒した。贅沢だな。五月十九日は郷里（兵庫県西脇市）へ行き、記憶の底から過去の時間が浮上してきた。

終戦の年、西脇小学校を襲ったグラマン戦闘機のビジョンが網膜の裏から飛び出す。夜、市長と会食。市長の母親が同級生だった（これは事実らしい）。

夢は睡眠中の体験で、目ざめたときに回想する。夢を見る「私」は、「私」でありながら現実の「私」のあいだに断絶がある。夢に関してはフロイトの『夢判断』をはじめ精神医学者の本がある。見た夢が「なにを意味するか」を精神医学者が教えてくれる。

個々の夢の意味を解釈した本や夢占いなど、数多いが、中国には「聖人は夢なし」で「愚人は夢多し」とする「夢占い」がある。精神分析的な夢判断では、「無意識的な欲望」と「抑制された衝動」と説明されるが、本を読んでも頭のなかがもつれるだけだから、ただひたすら夢に身をゆだねて、日記に書く。

枕もとにノートと鉛筆を置いて眠り、目ざめるとすぐ書く。それをつづけると、現実の生活の薄皮一枚裏にあるスペクタクルを体感できる。

横尾さんの夢日記（秘宝日記）は、夢と現実がいりまじり、脳が活性化されます。

二〇二〇年五月七日はホテルの上階にあるレストランで「コロナ対策ノタメ、潜水服ノ様ナ重装備ノヘルメットヲカブツテイル」島田雅彦さんに会う。

そうか。横尾さんの傑作「300年の宴」（一九九六）の、旧式潜水服の男が龍宮城で、亀に乗った浦島太郎と会うシーンを思い出した。

『GENKYO　横尾忠則　原郷から幻境へ、そして現況は?』(二〇二一年、東京都現代美術館)は夢の事件簿である。

夢を見ることは、命がけの格闘で、それを図解するのが、「奇蹟のYOKOOアート」である。命がけの夢の海が描かれている。

夢を見る人の霊魂は肉体から離脱して死者と再会し、啓示を得る。シャーマン(美術家)が夢中状態で託宣を受ける。

だから横尾さんは「鏡ノ迷路ニ閉ジ込メラレ、下手ニ動クト相手(敵?)ニ気ヅカレテシマウ」ことになる。難聴で音が聞こえない空漠をさまよい「立チ往生ノママ声モ出セナイ」。

夢を見る夢のまた夢、は恐怖と冒険の荒野だが、そこに幻想の世界が立ちあがる。

横尾さんの日記は冒険小説のように波瀾万丈だ。

『創作の秘宝日記』を読めば人生がパノラマ写真みたいにきらきら輝きます。夢日記を書き残すことによって、脳は訓練されてさらなる空想の宇宙を飛ぶのですね。

史上最強のフーフゲンカ

「夫婦間にセックスはいらない」と断言したのは詩人の牧羊子である。

「私は魅惑的なメスであるよりも、有能な戦友としての家事と家業の雑務処理と管理者であることに大半の努力をつぎこんできたし、現在なおそうである。これからもまだ共同生活をつづけるのならば敏腕の利きを発揮しつづけることになろうか」（『他人からの出発――現代夫婦考』）

牧の夫は小説家の開高健で、この一文は開高氏が存命中に書かれた。

二人がはじめて会ったのは谷沢《たにざわ》永一が編集するガリ版刷りの同人誌「えんぴつ」の合評会であった。牧は名門ナラジョ（奈良女子高等師範学校）物理化学科を卒業し、大阪大学物理伏見研究所をへて壽屋《ことぶきや》（現サントリー）に就職していた。理科系の秀才で、ヴァレリーヴァレリーを連呼して、サントリーウイスキーを同人にふるまっていた。

　そのうち開高と男女の関係となり、牧は妊娠すでに三カ月をこえ、母親を連れてきた。母親は「結婚してくれはりまっしゃろな」と開高に迫った。牧は二十八歳、開高は二十一歳だった。そうこうするうち娘（道子）が生まれて、開高は七歳上の牧と婚姻届を出した。子育てのため退社した牧のあとがまとして、開高は壽屋へ入社し、宣伝部に配属された。二十五歳のとき東京転勤となり、杉並の壽屋社宅に転居した。開高が『裸の王様』で芥川賞を受賞して一躍文壇の寵児になったのはその二年後の二十七歳である。

　やがて娘の道子は慶應大学に入学して仏文を専攻した。人気小説家と、詩人妻と、慶應ガールの娘、と絵にかいたような幸せな家族であった。しかし、開高と牧の夫婦喧嘩ほど凄絶をきわめたものはなかった。言葉の魔術師で、比喩の天才である開高と、理詰めで対抗する物理系詩人の妻だから、とびかう悪罵《あくば》は速射砲の連続で、ひとことで相手の核心を撃ち、双方がズタズタになる。横に編集者がいてもおかまいなし。それが何発も応酬された。

『開高健vs牧羊子　夫婦喧嘩実録』という本を出版したら、ファイティング・ノノシリ・バトルとしてこれ以上スリリングな実用書はないであろう。相手が傷つく言葉がつぎからつぎへと出てきて、ホラー小説よりもずっと怖ろしい。

開高健は毒舌の大家であって、朝な夕なの日常生活で妻は悪口雑言の矢面《やおもて》に立たされた。

「小説家の女房になった以上は、何時、いかように売りとばされてもやむを得ないとしなければならないそうだ。何故なら、人はパンのみで生くるにあらざるとも、まずはパンが得られなくては生きられないわけだ。私はケチン坊のそろばん屋で税務署相手にチョウチョウハッシと渡りあい、あるときはトンカツ野郎とののしる」

と牧羊子は書いている。

これにより牧が夫を「トンカツ野郎」よばわりしていたことがわかるが、ランボーの『地獄の季節』を好む無頼なる女流詩人だから、こんなレベルではすまなかったろう。開高は牧と結婚したその瞬間から後悔していた。と、生涯の友・谷沢永一が『回想 開高健』（新潮社）に書いている。開高は「この女に、呪いをかけられた」と観念した。

芥川賞受賞を機に、開高の行動半径が広がり、牧はそれらあれこれなにもかもをとりしきろうとし、管理者となった。開高は逃げた。

三十三歳のとき、朝日新聞社臨時海外特派員としてベトナムのサイゴンへ行き、その刻々のルポルタージュを「週刊朝日」に連載した。最前線で死地をかいくぐって、『ベトナム戦記』が刊行された。牧に知られないように開高が売りこんだ企画であった。

三十七歳になると文藝春秋臨時特派員として動乱のパリへ赴き、東西ドイツ、ふたたびサイゴンを取材した。開高が東京都杉並区の自宅から遁走して、茅ヶ崎市東海岸に仕事場を作って、やっとひとりになったつもりが、牧と道子が引っ越してきた。以後、開高は海外釣り紀行『オーパ！』はじめ、精力的に海外取材を敢行した。茅ヶ崎の家は増築され、開高は自分だけの部屋を、べつに作った。

谷沢永一『回想　開高健』の十五章、「通夜の光景」は、平成元（一九八九）年、開高五十八歳の死と葬儀が記されている。

同年四月、開高は食道癌の手術を受け、十月に最後の短編小説集『珠玉』を脱稿した。新聞社勤めの女性記者と小説家の猥褻な性愛シーンが出てくる。宝石ムーンストーンをモチーフにした「一滴の光」がそれで、小説のモデルはT社の女性編集者。才媛である。

夫は夫、自分は自分という立場をつらぬいてきた牧は、狼狽した。牧は「優雅な嫉妬術」というエッセイに、嫉妬心がないのは鈍感のしるしだ、と書いた。夫婦は四六時ちゅう、相手のことを考えているわけではなく、男がいつも無責任に若いのは「流れている水だから」である。それに対して女は淀む。だから、ふける。一日中相手のことばかり考えて暮らしていれば、相手は逃げ出したくなる。と、余裕を見せていた牧だが、六条御息所《ろくじようのみやすどころ》の生霊《いきりよう》のようになってしまった。

牧は、連日、特製のスープをつくり、夕方、病院へはこんだ。しかし開高はえたいが知れないスープをこばんだ。すると牧が一喝した。「これ、飲まんと、癌、なおれへんやないか」。

十二月九日、開高が死去すると、牧は通夜と葬式を、撮影会社を雇って演出した。筋書きができていて、二時間以上かけて、弔問客に牧が語りかけた。牧から「センセ」と呼ばれたタニザワは「口のなかに、泥をおしこまれているようだ」と述懐する。棺を出すシーンは、カメラの注文でやりなおした。何本もライトが照らされ、カメラの合図によって、開高の遺影を胸にいだいた牧が歩き出した。

その五年後、娘の道子は四十一歳で鉄道事故死した。二〇〇〇年、牧羊子（七十六歳）の遺体が亡くなってから四日後に自宅で発見された。

山口瞳『人生論手帖』（河出書房新社）に開高健「完全主義」の話が出てくる。山口瞳は開高健が芥川賞を受賞した昭和三十三（一九五八）年に壽屋に入社してPR雑誌「洋酒天国」の編集に加わり、五年後の昭和三十八年に『江分利満《えぶりまん》氏の優雅な生活』で直木賞を受賞した。国立《くにたち》の山口邸は私の実家のすぐ近くにあって、町内会「くにたち山口組」の一員となった。瞳さんは開高夫妻の不仲に関して、こう書いている。

——開高健にずいぶんと近い位置にいながら気がつかなかった。戦場に赴きたがるのも、カナダへ行ってでっかい魚を釣りたがるのも、ヘミングウェイを気取っている、または憧れているとばかり思い込んでいた。そう言えば、外国へ行くと肩凝《かたこ》りが治る、何もせんのに鬱《うつ》がすうっと無くなりよるとよく語っていた。

牧羊子さんは高校では開校以来の秀才であって、それも理数系の学問において秀抜であったと聞いている。しかし牧さんもまた一人の女であることを知って落胆《がっかり》したり、少し安心したりしている。小説家と詩人の夫婦というのは、漠然と、家の中は取っ散らかっていても、お互いに寛容であるに違いないと、ずっと羨ましく思っていた。齢上の才女であるからには、母親の目で夫を見ている、迂闊《うかつ》にも私は芸術家の理想的な家庭を思い描いていた。杉並の家をそのままにして、茅ヶ崎に家を建てて移り住むと聞いた時、坂根《さかね》進（サン・アド社長）と二人で「バカだなあ、杉並を売っ払って都心にマンションの一室を買えばいい。そこであんた一人で暮して週末に茅ヶ崎に帰るんだよ。チャンスじゃないか」と言った。開高がそんなこと到底不可能だよと言いたそうにして無言で悲しげに首を振ったことなんかも思いだされる。

山口夫妻は相思相愛の仲で治子夫人は短歌の達人だった。瞳さんが没したあと治子夫人はひとり息子の正介へむかって「あなたが死ぬことよりつらいわ」と言ったそうだ。山口氏没後、治子夫人と正介が競作のように瞳さんを偲ぶ作品を書いた。開高家とは正反対だが、ひとつ共通するのは「夫婦は離婚しない」という確乎とした信念である。

開高健と山口瞳は、生涯を通じて「サントリーをわが家」と観じていた。

開高と結婚した牧羊子の父親は壽屋お出入りで、初代の鳥井信治郎と懇意であった。牧は壽屋のキャリアが長く、信治郎の次男で専務（当時）の佐治敬三と面識があった。開高を壽屋に入社させたのは牧であるから、七歳上の牧が開高を管理するのは、しごくまっとうな成り行きであった。

私は、高校一年のとき父の書斎の棚に積んであるPR誌「洋酒天国」に綴じこんであるカラーのヌード写真をパラパラと開いて欲情した。そして「洋酒天国」編集部に入りたいと妄想したものだが、そこに開高健と山口瞳のふたりがいることは知らなかった。

「明るく／楽しく／暮したい／そんな／想いが／トリスを／買わせる」は開高健のコピーである。

「トリスを飲んでHawaiiへ行こう！」は山口瞳のコピー。

コピーにしびれて、大学一年になったとき、巨大な「渋谷タワー」トリスバーのカウンターに座り、一杯五十円のトリスハイボールを飲んだ。

渋谷は開発途上の盛り場で、安藤昇がボスの愚連隊《ぐれんたい》安藤組が暴れていた。逮捕された安藤昇は入獄六年で仮出所し、組を解散して映画俳優となった。私は唐十郎監督、安藤昇主演の映画「任俠外伝　玄海灘」に藪医者のチョイ役で出演して懇意になった。

赤坂四丁目のワンルームマンションの壁に安藤氏と肩を組んだ写真を貼って、悦に入っていた。マンションベランダのガラス窓を割って泥棒に入られたがなにも盗まれなかった。頰に切り傷がある安藤氏の写真を見て、泥棒はおじけづいた、と思われる。

そのころ私は、東京のはずれにある滝山団地に妻と子を置いて、赤坂四丁目のワンルームマンションに住み、会社に通っていた。

『回想　開高健』を書いた谷沢永一は、大阪の無頼派詩人長谷川龍生を開高に会わせた。龍生は生野区でドブロクを飲み、モツを食いながら、空襲で破壊炎上した大阪砲兵工廠あとに、数えきれぬ鉄骨がうまっていることを知っていた。この不可触の金鉱へ、闇にまぎれてしのびこむ仕事があり、その熱塊のような英雄をアパッチ族と呼ぶ。開高はこの話に飛びつき、大阪のタニザワ宅へ十日間泊まりこんで傑作『日本三文オペラ』が完成した。

長谷川龍生は牧羊子とも親しく、開高は、牧がらみの人脈にとり囲まれて小説の腕をあげたが、「牧の呪縛」から逃れることができなかった。

開高が作ったトリスのコピーに「『人間』らしくやりたいナ」がある。「人間らしくやりたい」男子が、年上の糟糠《そうこう》の妻と離婚するわけにはいかない。

夫が別の女に手を出すのは、妻にあきれるからで、妻がいかほど夫をプロデュースし、育児に専念しているかとは、無関係である。男たちはそれを「下半身には人格がない」という言い訳をしてきた。下半身には人格がないので、性風俗店が成立する。妻は寛容ではないから、いちいち夫の欲求に応えるつもりはない。

開高は二階からオーイと妻を呼んだ。流し台で食事のあと片付けをしていた妻は手が濡れているので、なんでしょうと返事をした。下からモノをいうな、そんな下品なまねはよせ、ちゃあんとよってきて返事をしろ。夫に注意されて妻が手を拭いて、二階の書斎へあがり、なんのご用でしたか、と問い直す。

下の食卓にライターを忘れてきた、取ってきてくれ、と開高はいった。と牧が書いている。牧によると「メビウスの輪が呈示する位相空間と男女の機微」ということになる。かなり難しい。要するに開高は執筆中だったから、思いつくままに妻に命令した。妻はそれを面白がっている。二〇一九年八月二十一日付の新聞に、長谷川龍生氏の死亡記事があり、九十一歳であった。

オーイ、大村アニキ

大村彦次郎《ひこじろう》氏が、二〇一九年八月三十日、八十五歳の生涯を終えた。大村氏は講談社に入社後、「小説現代」や「群像」編集長を歴任して、常務取締役を務めた。退職後『文壇うたかた物語』『文壇栄華物語』『文壇挽歌物語』の文壇もの三部作や『時代小説盛衰史』などを執筆した。これは伊藤整『日本文壇史』の戦後版「文壇史」である。

はじめて大村氏に会ったのは町内の山口瞳氏宅のお月見会で、そのころの私はテレビ番組に出ずっぱりだった。大村氏は口をへの字に曲げた頑固親爺で、内田百閒《ひゃっけん》のような顔をして酒を飲んでいた。

文芸編集者として野坂昭如、井上ひさし、長部日出雄、村上龍、村上春樹ら多くの作家の文壇デビューに尽力し、また池波正太郎「仕掛人・藤枝梅安」、笹沢左保「木枯し紋次郎」などの評判作をヒットさせた人物として知られていた。すっかり「テレビの人」になっていた私は「わ、これが、音に聞く大村彦次郎親分か」と緊張しつつも、酒に酔った勢いで、森繁久彌のコワイロで「月の沙漠」なんてのを歌った。その後、テレビから足を洗い、文筆業者に戻るための適切なアドバイスをうけた。新刊を送ると、すぐ返信のハガキがきた。要点をつかんだ寸評が的確で、電光石火の早業だった。

二十年ぐらい前、「O《オー》老年をねぎらう会」が浅草のジャズクラブ「ハブ」を借り切って行われ、村松友視氏と連れだって出かけた。八十名ほどの客のうち六十名ほどが新潮、文春、講談社、中公、集英社、角川、筑摩などの編集者で、編集者あがりの作家が二十名ほどいた。その席にいる者すべてが大村組若頭および関連組親分衆といったところで、出版業界のベテラン編集者がいた。

大村親分は『時代小説盛衰史』で長谷川伸賞（二〇〇六年）といったしぶい文学賞を受賞した。編集者をへて作家になるのは、じつは、かえって難しい。

編集者と作家は似ている部分もあるが、正反対の立場である。編集者は才能ある新人を育て、人気作家になるよう奮励努力する。自分も作家になろうとすると一段、低く見られ、かえって敷居が高い。

八月一日、大村氏の体調がよくない、との報を聞いて四〇〇字詰め用紙に手紙を書いた。ちくま文庫書きおろしの『文士のいる風景』に登場する文士は百名だが、私が親しくしていた作家も三十名ほどいて、その感想を書いた。

八月十日づけで大村氏から五枚にわたる返事の手紙がきて、中野の警察病院で下咽頭癌と宣告され、手術を指示されたが断った、と記されていた。別の病院に介護ケアで三日間入院し、缶ビールが飲みたいと思い階下の売店へ行くと、「ここは病院だ」と笑われたと書いてあった。

大村さんの文壇三部作のうちの第二作『文壇栄華物語』(ちくま文庫)は敗戦直後から昭和三十一年までほぼ十年間の文壇史で、文士と編集者の格闘物語である。ここに登場する文士、編集者、新聞記者、酒場のマダムは七百名余にのぼる。

文壇というギルドができたのは明治末年から大正の初めにかけてで、世間一般の人から見れば、およそ堅気の人間とは見えない無頼の徒の群れであった。

戦後の文壇で「牢名主」と呼ばれてめざましい活躍をしたのは丹羽文雄と舟橋聖一であった。二人は文壇のボスとして君臨し、各社の文学賞選考委員や日本文藝家協会の要職を占めて、隠然たる存在を示した。丹羽はポケット・マネーで同人誌「文学者」を発刊し、門下からは瀬戸内寂聴、河野多恵子、吉村昭、津村節子を出し、舟橋は既成作家の井上靖、有馬頼義、吉行淳之介、有吉佐和子らに声をかけ「キアラの会」を結成し、定期刊行の「風景」を出した。

大村版文壇三部作に登場する名物編集者たちは、無名時代の文士候補に目をつけて、力作を書かせて大バケさせる。それが腕の見せどころで、大村氏がその一人だった。吉行淳之介や遠藤周作の作品に「O《オー》青年」として登場するのが若き日の大村彦次郎だった。

その現場に居あわせたと感じさせる臨場感が大村氏の文筆力である。

田辺聖子著『花狩』が東都書房から刊行されたとき、梅田の阪急航空ビル九階のレストランで出版記念会が催された。そのとき聖子さんは三十歳。小説家として、これから何をどう書けばいいか、と不安に襲われた。聖子さんを育てた足立巻一は「酒も飲んで、煙草も喫って、人生堕落の味をおぼえなあかん」と笑いながら言った。

その六年後、第五十回芥川賞が、大阪の同人誌「航路」七号に発表された新人田辺聖子「感傷旅行《センチメンタル・ジャーニィ》」にきまって、思わぬ話題をまいた。このときの芥川賞候補作は、田辺聖子の他に、井上光晴「地の群れ」、佐藤愛子「二人の女」、阿部昭「巣を出る」など八篇が並んだ。

井上の「地の群れ」は長崎の原爆被災者を中心に日本の底辺の残酷図を描いた小説

で、石川淳と書面回答の高見順が推したものの、他の委員から井上がすでに有名な作家であり、作品の長さが芥川賞の対象にならないという理由で、審査を拒否された。

阿部昭「巣を出る」は、作中の「私」なる人物が堀辰雄の文庫本を後架（便所）へ叩き込む場面が舟橋聖一の逆鱗にふれた。堀と舟橋は同い年でともに東京本所で過ごし、しかも東大国文科の同窓だった。阿部は東大仏文を出て、ラジオ東京で番組を制作していた。いずれも文学作品とは関係のない理由で、公開審査の席で除外されて、二人にとっては忘れられない屈辱の記憶となった。

そんななか、丹羽文雄が田辺聖子の才能を支持し、これに多くの委員が同調して、すんなりと授賞がきまった。放送作家の女主人公が線路工夫の革新思想党員と恋愛し、やがて捨てられるまでの話を面白おかしく描いた。

三十五歳の聖子さんは、地元の新聞記者が、たぶん受賞するのと違いまほか、と無責任に口にした言葉を真に受けて、昼間のうち美容院に行き、早めに夕餉をすませて尼崎西大島の自宅で待機していた。

大村氏の文壇物語は、実話をもとにして、大村流人間観察が透徹した義理薄情涙ボタボタ運不運ゴチャマゼ物語となっている。文壇というギルドがあった時代に、文士と編集者がこんなに熱く格闘していた。

かつて中央公論社に在職していた村松友視氏と「これからめざすのは大村山のテッペン（八十五歳までは生きるということ）だ」と確認しあった。

恩ある人が他界したときは、その人の著書をくりかえして読みなおす。それが鎮魂と供養につながり、自分たちの目標となる。

村松氏と、めざせ！　大村山の頂上、と話しあった。

この文庫本『老人は荒野をめざす』を担当した筑摩書房の豊島洋一郎氏は、大村彦次郎著『時代小説盛衰史』、『万太郎　松太郎　正太郎』の担当編集者で、「〇老年をねぎらう会」の受付をしていた。

そして忘却の荒野へ

一日中なにかを捜している。

さっきまでは眼鏡がどこかへ行ってしまったので捜しまわっていた。風呂場の洗面台、縁側のテーブル、書斎の机の下、カバンの中、と調べるうち、筆記用具箱の奥から補聴器の丸い箱が見つかった。三週間前に行方不明になったのが出てきた。補聴器は新しいのを買って三つになった。

捜している時間にいらだち、仕事が進まない。捜さずに新品を買ってしまったほうが早い。眼鏡は五つある。なくすたびに買う。

そうすると、いつのまにかどこかから出てくる。近所にある眼鏡店で、補聴器も腕時計も買う。失せ物はムキになって捜すほど出て来ないから、捜すより買ったほうが早くすむ。あきらめると、この補聴器のように、ふいに出てくる。

ここ二年間は外出することが減ったので、失せ物は暗がりのどこかに身をひそめていて、気まぐれに出てくる。年をとると、かえって物忘れをしなくなった気もするのだが、じつは「忘れたこと」を忘れてしまったのだ。

物忘れ症は悪化したのだろうが、これでいいんだよ。忘れないためには、物を覚えようとしなければいい。

洗面所の棚、ＦＡＸ専用器の下、仏壇線香箱の中、書棚抽出《ひき》し、ブリキの箱の隅、水道蛇口の奥、掘炬燵の下、二階の裏窓、五百円玉貯金箱、玄関の鍵入れ箱、食器棚、靴箱、オーバーのポケット、などなど、ポーの『盗まれた手紙』のように、すぐ近くに潜んでいる。

記憶力が強い人はかえって忘れてしまう。そのくせ昔の恨みをいつまでも忘れず、執念深い。失せ物は早く忘れてしまって、さっぱりしなさい。

約束を守るのに一番効果的なことは約束しないことである。親の恩、友の恩、恩師の恩。人さまに助けていただいた記憶はすぐに忘れる。薄情なんですよ。

襟巻き、革の手袋は三カ月が限度。昔から物を忘れるアンポンタンで、学校へは筆記具を忘れ、特急列車にはカメラを置き忘れた。窓ぎわに置いた荷物は降りた途端に気がつく。ア、イケネーと思ったときはドアが閉まり、列車はすーっと動き出す。あれ、せつないね。

日本史年表。数学の方程式、日本国憲法の前文。

学校で教わったことはすべて忘れた。受験勉強の知識は溶けてなくなった。すっきりする。

流行歌の歌詞。一番は覚えていても、二番三番がわからない。というかまざっちゃう。芸能人のスキャンダルは二週間もたてば忘れてしまう。芸能人もテレビに出なけりゃ、すぐ忘れられる。

高校時代の同窓会は胸に名札をつける。顔と名札を交互に見て、しばらく記憶をたどり、あ、おまえかァ、くさい屁をする大奈良君だな。

同窓会ってのは還暦をすぎてからやらなくなった。アーアー、高校三年生、でもないしなあ。十八歳を四クール以上生きたんだよ。老いてますますバカになる。

昨夜の夕食はなんだったかな、忘れてしまった。もういやになっちゃうくらい呆けてきた。

偉人伝の苦労話。

相撲のきまり手。

床屋へ行く予約。

住んでいたアパートの電話番号と住所。

年賀状の返事。

書こうと思っているうち忘れてしまい、結局出せない。友人が謹呈してくれた書籍。評判をよんでいる本で「早く読もう」と思っているうちに読み忘れ、なにかの会で当人に会って「どうだった」と訊かれ「うーん、ムニャムニャ、面白かったよ」と答えるときが申し訳ない。まあ、お互い様だけど。

眼ざまし時計の時刻あわすの、忘れる。きのうの敵も忘れた。若いころケンカして蹴とばしたら、相手が「てめえ、覚えてろよ」と捨て台詞を言ったので「忘れちゃうよ」と言い返した。「きのうの敵」は「今日の友」になるとは限らぬが、どっちみち忘れてしまう。傘を忘れる。家を出るときは雨が降っていて、夕方に雨があがり、そのまま居酒屋をはしごするうち、どこかへ置き忘れた。別の店でだれかが置き忘れた傘を貰ってきた。傘は天下の廻りもの。結婚式引き出物を電車の網棚へ置き忘れた。

友人の息子の結婚式に出たとき、奥様の名前を忘れた。御子息の名も忘れた。人の名前はたいてい忘れる。弟の妻の名、イトコの名、甥の名、叔父の名も忘却の彼方。

青春の日々。暗記していた恋人の電話番号。私をふった女。私がふった女。郵便貯金通帳のしまい場所。一本杉の下にみんなで埋めたビーダマとメンコの宝箱の行方。

あわてて家を出て財布を忘れるときがある。

そのため現金をマネークリップにはさんで上着のポケットに入れている。スマホ、黒革手帖、神楽坂隠居室のキイ。デンワのデ、鍵のカ、財布のサ、眼鏡のメ、時計のト、薬のク、補聴器のホ、これをデカサメトクホと覚えて、しっかり確認する。

万年筆は持ち歩くと必ずなくしてしまう。

帽子は飲食店に置き忘れてとりに行くことたびたびだ。翻訳もの推理小説に出てくる登場人物名が覚えにくく、トビラページにある「登場人物一覧」を何度もめくりかえすのが面倒なので、一覧表を紙に書いてはさんでおく。

昔見た映画なのに忘れてしまって映画館に入り、アレレ、コレ見タコトアル、と気づく。気づいても遅く、見つづけることになる。

ラジオのスイッチ切るのを忘れて、眠ってしまう。早くムカシに戻りたい。悪酔いした記憶。いま見た夢。

しょっちゅう夢を見るが、「どんな夢だったか」思い出せない。思い出す夢とすぐ忘れる夢がある。扇風機しまうのを忘れた。片づけずに、冬になっても部屋に置いたままだ。

ごく簡単なコトワザ。

本箱へ隠したヘソクリ。これを忘れる人が多く、本棚ごと古書店へ売ってしまうことがある。

抽出しの整理、屋根裏部屋の古道具。鉱石ラジオの作り方。のどもとを過ぎた熱さ。植木鉢への水やり。さかだちして見た景色。天災。実存主義。シンキロウの風景。ベーゴマの廻し方。いずれもボンヤリと忘れる。

爪切るの、よく忘れる。とくに足の指の爪はいつのまにかのびている。右足の小指の爪がのびっぱなし。百人一首。後片づけ。アイロンのプラグをコンセントから抜くの。これを忘れると火事になる。抜いたか、抜き忘れたか気になって家へ帰ると、家のドアに鍵をかけるのを忘れていた。

植物の名、花の名、千代紙の鶴の折り方、ナゾナゾの答え、アヤトリ、墓参り、忘れな草をくれた人も忘れてしまった。片っ端から忘れていく日々で、忘れることを忘れてしまう。

コロナという目に見えないウイルスに襲われた恐怖も、やがて忘れられていく。バアさんのおまじない、ジジイの諦念。すべてが忘却の彼方へ漂流していくのです。

第二章　老人は荒野をめざす

老残力

赤瀬川原平さんが『老人力』(筑摩書房)を刊行したのは平成十(一九九八)年だった。

「老人力」は「年をとっても元気な老人のこと」ではなく、「年をとって衰弱し、病気になり、ぼけていくマイナスの力」をいう。

たちまち大評判となりベストセラーになった。「元気な老人」ではなく「能力が劣化した状態」を「老人力がついたね」と自賛した。『老人力のふしぎ』も刊行され、新宿・紀伊國屋ホールで「老人力vs.不良中年」のトークショウが開催され、赤瀬川、嵐山のほか南伸坊、ねじめ正一が参加した。

原平さんより五歳若かった嵐山は『「不良中年」は楽しい』(講談社)を刊行して、この本も準ベストセラーになって、松田哲夫仕切りの討論会となった。「老人力」は朝日新聞の「天声人語」やNHKテレビの「クローズアップ現代」に取りあげられて流行語大賞のトップテンに選ばれた。

嵐山の「不良中年」は、中年男女不倫年齢計算法や不良中年Tシャツ(無断製造)や不良中年ハチマキが発売されたぐらいで「老人力」の威力に及ばなかったけれど、五十代中年男女の蘇生バーゲンセールとなった。

そのころ、青森県山奥の温泉へ旅する列車で会った妙齢の御婦人から「私と一緒の宿に泊まりましょう」なんて誘いをうけたりした。これは「不良中年」家元の役得であったが、「老人力」ほどのしぶとさがなかった。

会社をやめてフリーになったのは、同僚だった安西水丸が退社して売れっ子になったのがきっかけだった。勤めていた平凡社の希望退職に応じてやめ、自分たちの会社を作った。全力疾走した四十代は、赤坂八丁目の中古マンションに仕事場をかまえて絶好調だったが、五十五歳になるといささか疲れてきた。

先輩のノサカ先生から「六十代になったら、出版社から原稿依頼なんぞ、パタリと来なくなるぞ」

と教えられた。で、編集者たちと仲良くするように努めたが、担当編集者のほとんどが生意気な不良系で、編集者時代の私にそっくりだった。

同じ会社にいれば、私のライバルとしてたちまち対立しそうな連中ばかりで、そう気がついてからは、いつもニコニコして腰を低くし、グレて遊んで楽しく生きるうち八十歳となった。いつまでも不良をやっていられなくなり、『「下り坂」繁盛記』を書いて地味につんのめって生きてきた。

このところ週刊誌の記事は「高齢者の生き方」ばかりで、書店へ行くと、「老いの覚悟」だの「社会へ参加」だの「老人の精神力」「高齢者の再生」「生きがい」「未病対策」「認知症防止」「八十歳からの挑戦」「遺言書の書き方」だのといった本が多い。新聞、週刊誌、本を読むのは高齢者が多くなったからでしょうか。

昔は定年を停年と書いた。停止の停です。停学は処罰で、学校の規則に違反した学生の登校を一定期間停止した。停職も処罰です。

してみると「停年」という言葉にも処罰の気配があるので、定年と書き改められた。かくして六十歳を過ぎても雇用延長する会社がふえた。

二十代は無我夢中、三十代は意気軒昂で、四十代でギアチェンジ、好き勝手に働いた五十代が一番充実していた。六十代になるとそれなりに繁盛したが、急病で病院に入院することになり、七十代は「いまが一番」と思った。

八十歳になると、労して功なく、老い木に花は咲かず、高齢者のエベレスト登山や八十三歳で太平洋をヨットで横断する達人が出て刮目したが、参考にならない。

がんばった人、悟った哲学者、超人、など、「功成り名を遂げた人」の体験は目標にならない。どちらかというと、ひねくれ老人のひらきなおりがいい。

大いに励まされるのは川崎長太郎（一九〇一〜八五）の私小説『老残』（一九六一年・六十歳）である。それにつづく『結婚』（原題は「やもめ爺と三十後家の結婚」）。長太郎（K）が「すべて自分の体験にもとづいた私小説」と、あとがきに書いている。長太郎は神奈川県小田原に魚商の長男として生まれ、小田原中学校を一年の三学期で中退して下級生北原武夫と同人誌「夕暮」を創刊号だけ出し、やがて徳田秋声《とくだしゅうせい》の推挽により作家となった。生家の物置小屋に住んだ。戦後、小田原の私娼窟《ししょうくつ》を材にとった連作『抹香町《まっこうちょう》』ものが評判になった。（K）を主人公とする愛欲小説シリーズである。

物置小屋は魚の桶を置くトタン小屋で、電気は通じず、ロウソクを灯して二十年間暮らした。ベストセラー作家になったが、ロウソクの光は目が疲れるので、もっぱら午前中に執筆した。

ベストセラーが出ても長年の貧乏暮らしのくせで親譲りの無家賃小屋に住んだ。赤くなった畳表へビール箱の机を置き、煤けた天井、穴だらけの壁、四畳と六畳の境にそり返った唐紙襖を釘でとめた。冬は肌をぞくぞくと刺す風が通りぬけた。ロウソクでかじかむ手をあぶり、炎のさきっぽで火傷しそうになった。

文章がリアルで涼しいんですね。よごれて煤けたグレーのルパシカを着て細いバンドをしめ、くたくたになったコール天のズボンに泥靴をはき、私娼窟の女たちを買い、その話を書くうち、一九五八年に売春防止法が完全施行された。

売春婦の哀しさを書かせたら長太郎の右に出る者はいないが、性愛耽溺の所業を題材としたため、批評家の集中攻撃をうけて、沈黙がちになった。

金銭で女を買う長年の習慣を止めようとしたが、五十代終わりにかけて、燃え残りの火がしなびかけた体内にくすぶる。赤線地帯から姿を消した娼婦たちはどうなったか。

そうこうして六十歳になると、大阪からファンという三十歳の女P子が訪ねてくる。三年前に夫と死別したP子は脂肪の廻りかけた小柄な女でぽっちゃりと肉づきもよく、黒目がわりと澄み加減の童顔で、トタン屋根ボロ家に泊まったが、どちらからも相手の肉体に手をのばす様子はなかった。

P子は婦人記者のようなものになりたいと言うし、さて、この顚末はどうなるのか。三十歳離れた男と女の情話が『老残』である。

昭和の私小説作家川崎長太郎は、六十一歳のとき、大阪の女性（P子こと千代子・三十一歳）と結婚した。P子が小田原にある長太郎の物置小屋を訪れたのはその一年半前のことで「結婚したい」と言って性行為に及んだ。しかし、三十歳という年齢の違いからくるセックスのアンバランスが致命傷となり、一度大阪に帰って、忘れかけたころに執念深くまたやってきた。

「もうひと花もふた花も咲かせましょう」と長太郎を励まして、P子は体をまかせた。果たせるかな、長太郎は懸命にあぶら汗をにじませて愛撫につとめたが、半端なところで幕になった。

翌朝は大通りにある食堂で食事をとり、P子はこのボロ家から出てアパートで暮らしたい、と言い出した。こんなきたならしいトタン屋根の物置小屋に未練があるのか、そんなうじうじした貧乏性が改まらない限り、書くものだってひからびるばかりやで、とキバを鳴らした野良犬もどきに詰めよった。

たじろぎつつ、ろくすっぽ満足な返事ができずにあとじさりするうち、ますますP子は調子づいた権幕で、着ているものだってそうや、身なりを構わず、だらしない恰好して、いろんな連中に馬鹿にされるはずだ。アパートがみつかってからでないと、小田原へ来ない、と言い捨てた。長太郎はばったりと枯れ木のように蒲団の上へ横倒しになってしまう。P子は大ぶりな旅行鞄をさげて、一度も振り返ることなく、植込みの間を抜けて、裏木戸から出ていった。いいですねえ、このシーン。瞬きもせず見送った長太郎の姿が目に浮かぶ。P子の立居ふるまいからしかめっつらや流し目のあれこれを、実況中継のように描く文章が冴えわたる。

いまは人気俳優男女の不倫記事を、雑誌記者が見てきたように暴くけれど、長太郎はスキャンダラスな破滅と情事を自分で暴露した。私小説作家は自分週刊誌であって、愛欲自慢告白大会となる。それが鼻についてすたれたのだが、長太郎の懺悔は明るく、見栄がない。間抜けでスットンキョウなところは、大阪の吉本新喜劇に通じるところがあり、「バカだなあ」と笑えます。

大阪へ帰ったP子は大事な証券類が四分の一に暴落してアパートを引き払い、再び小田原へ訪ねてきた。昭和三十七（一九六二）年、まだ新幹線は開通していない。大阪からたっぷり八時間かかった。トタン屋根物置小屋の畳に横っ尻になり、蒲郡《がまごおり》でたべた駅弁のうなぎ丼がうまかった、などと言いながら、三日は硬くならないという曰《いわく》つきのあんころ餅の土産ものを机の横に並べた。

P子は波の音を聞きながら、細い首筋をかしげる。渚へ寄せては返す囁くような音に聞き耳をたてた。長太郎も「風が少し出てきたんだね」とつぶやきながら、立って黒ずんだ押入れの杉戸をあけ、蒲団や安毛布をひっぱり出して二組の床の仕度《したく》にとりかかった。近所からはラジオの気配もせず、海底にいるような静けさ。このシーン、しみじみとして泣けますよ。

坊主枕はP子用にして、座蒲団を二つ折りにし、その間へ数冊雑誌を挟んだものを枕代り、横になった。老人版フォークソング「神田川」といったところ。

P子は男が着るワイシャツを白い餅肌で腰まわりもふくよかな体にひっかけ、しているものは肉色のパンティひとつだけであった。長太郎は久しぶりに彼女の床へ這入っていったが、当人いかに車輪となってみたところ、結果は凡そ知れたもので、自分の床へ戻り、息遣い荒くしながら、あまりの不甲斐なさに地団太踏《じだんだ》むばかりであった。口に出して、さして不平を言わない三十女が、それではあまりに不憫におもわれ、今後は一切、先方の体には手を触れまい、なまじいな真似して、彼女を中途から、肩すかし同様の目にあわせるなんか罪な話だ、と観念したりした。

やがて二人は六畳と三畳間、板の間、台所つきのアパートへ引越した。家賃は月三千円。五十代のとき赤線地帯「抹香町《まっこうちょう》」モノで「川崎長太郎ブーム」になったときの預金が三百万円あった。預金の利子と文芸雑誌の原稿料で、どうにか生活をつづけた。

P子は終戦後父親を失い、母親も病死した。十年連れ添った夫とも死別して、弟と妹が一人ずついる。P子の弟と妹は結婚に反対した。ふたりとも文学とは縁のない門外漢だから、P子の親代りとなっている伯父（銀行家）を説得するため、一冊の文学全集のカタログ（宣伝ちらし）を差し出した。カタログには、群小作家の一人として の取り扱いながら、三人一組で一冊分しめる部に長太郎の名が出ていた。物故した大看板や流行作家の名前の間に、小さくても川崎長太郎の名が挟まれていれば、銀行の支店長も認めざるを得ないだろうという、手前味噌だ。

長太郎の弟は家業の魚屋を継ぎ、市会議員をしていた。市会議員という肩書が印刷された魚屋の名刺も渡した。十年来肥満している上に、大手術後腹部が大きな石ころをのんだような弟と、しごいたように痩せた古女房にP子を紹介した。長太郎は、「よりによって自分のような者のところへ三十女が嫁入りする気になったのが合点が行かない」と自嘲した。

弟は「当事者でしかも小説書きの人間に解らないものが、初対面の俺に見透せるもんか」と苦笑し「ま、来年の今頃までもてば上の部かな」と言った。

長太郎にすれば、私小説のモデルとなる「乙姫さま」のような娘が海の奥からやってきた。

三十歳年下の女性との結婚に至る小説「やもめ爺と三十後家の結婚」（一九六二年九月「群像」）は「結婚」と改題されて講談社文芸文庫『老残／死に近く』に収録されている。この小説が書かれた時の平均寿命は男六十六歳、女七十一歳だった、物価はほぼ六分の一。

「老残」と称しつつも長太郎は他の私小説家には書けない領域に達した。

これは老残力ですね。老人力を超えるのは老残力だ、と気がついた。という次第で老残力を駆使して生きのびることになる。


美貌の未亡人P子（三十一歳）と結婚した川崎長太郎（六十一歳）はスキャンダラスな話題をよび、文芸誌からの私小説執筆依頼が殺到した。「しなびたうらなり然とした爺《じじい》」（長太郎の自称）は週に一度の性交がままならず、P子はあてつけがましくキメ細かな、すんなりした片足を掛布団の外へ放り出して「赤ちゃんできたらしいの」と言った。

長太郎はぎくりとして物も言えない。

「やっぱりおろす？」

「そうしようね」

P子は頷《うなず》き、伏目となった。半年後、中絶手術をしたあと、長太郎は「根っからの性交機能を喪失」した。

長太郎の指が一寸《ちよつと》でも体にさわれば、毒虫の如く払いのけ、顔色をかえるヒステリックな地金がむき出しになった。「色揚げされた文名」（長太郎の自嘲）が忽《たちま》ちあと戻りして、読者が離れていった。

P子に尻をたたかれるのが辛くなり、小田原城址《じょうし》にある市立図書館へ通った。ゴマ塩頭に洗いざらしの登山帽、だぶだぶズボンに杉の安下駄を突っかけ、ポケットには午《ひる》めしの食パン類を押しこんでいた。

その五年後、倒産寸前にある魚屋の弟から、二百万円の借用を申し込まれた。息子の商売が失敗したという。長太郎の銀行預金の三分の二にあたる。諾否の返答に窮し、その場につんのめり、意識を失った。脳出血で病院へ運ばれた。月三千円だった部屋代が六千円になり、月々切りつめて四万円の生活費をまかなっていた。

自宅は二重抵当に入っていて、長太郎が住居にしていた物置小屋や母屋や地所ぐるみ銀行に手渡された。三期市会議員の弟は、議員収入で家族を養っていた。

たちまち小説の依頼がこなくなり、虎の子の銀行預金が減っていくばかりで、八年いた旅館のはなれから、隣の一軒家へ移った。八畳、六畳、四畳半に風呂場があった。畳は古びて、歩くとゆるゆると沈んでいった。電話がひけ、七十歳のとき文芸誌「海」（中央公論社）編集長が来訪して新年号を皮切りとして、つづけて小説執筆を依頼された。思いがけない知遇に手をあわせ、ひとつ覚えの「私小説」にとりかかった。

P子夫人（川崎千代子）の回想によると、長太郎は「どんな人が訪ねてきても楽しそうな独得の笑顔で接した」という。顔じゅうが笑っているような「優しい笑顔で、瞳が青みがかって澄みきった緑色」だった。

深いところから、ぎりぎり、単刀直入に書く。言葉の淵からじわりじわりとにじみ出るのが長太郎の文体である。

編集者がさぞかし恐ろしい人だろうと思って会うと、満面の笑みで迎えられた。

七十歳のときに書いた私小説『七十歳』は、額が禿《は》げあがって、雄《おす》の機能を失って久しく、老眼鏡をかけて難聴となった長太郎が、脳出血の後遺症で半身不随となる日々の話である。

リハビリに励《はげ》み、杖なしで歩けるようになり、たどたどしい脚運びで関節の硬さがほぐれてきて、筋肉も伸び、よじれた足先まで地面に届くようになった。

まだ捨てたものでもない、と調子をあげてきて、たらたらと二キロに足りぬみちのりを二時間かけて歩いた。

長太郎の師徳田秋声（一八七一〜一九四三）は、最晩年は「ものを書くのはもう沢山」と洩らしたが、癌で死床につくや、手の裏返した如く、「死ぬのはいやだ」と断末魔の苦しみで床から這い出し「紫檀《したん》の文台にしがみつき、机に爪あと残して息をひきとった」。まっとうに成仏することなど大変むずかしい。

文芸誌「海」のほか「群像」「新潮」「週刊朝日」「すばる」「文學界」などに書きつづけ、七十六歳で「第二十五回菊池寛賞」を受賞した。その三年後、『川崎長太郎自選全集』全五巻（河出書房新社）が刊行された。

娼婦や半玄人女より縁がなく彷徨《ほうこう》してきた長太郎が、無垢《むく》な肌ざわりの私小説で復活し、P子が「あのとき、子供を産んでおけばよかった」と言い出して狼狽する。

関西育ちのP子は口が奢《おご》っていた。バスや湘南電車を利用して小田原市内の魚屋へ行き、格安の魚を仕入れて調理した。歯が欠けた長太郎は食べたものをこぼすので、涎《よだれ》かけならぬ割烹着を頸《くび》から吊りさげた。

「一口食べたら二十回は嚙みなさい」と言われて「さ、一、二、三、四」と数えはじめる。下歯六、七本しかない口許をもぐもぐさせて、めし粒を嚙みしめた。死後「私生活を暴露されたP子が好奇の目にさらされる」のが心配だ、と思う。けれどそれで商売してきた。

八十歳のとき、二回にわたって白内障の手術を受けた。箸を持てなくなって、左手でスプーンを使ったが、ぼろぼろやたらとこぼした。右手で茶碗を持てず、「長生きした罰だ」とうそぶき、白内障の手術をした。

医師は右眼の廻りに麻酔注射をして、苦痛のあまり「痛いー痛い」とうめくが、十五分ほどの手術が終わって一時間後、見えるようになった。

体験したことは全部書いてしまう。翌日、診察室へ入り、医師の前で、「土下座してお礼をいいたいところですが——」と礼を言った。

最後の小説（八十二歳）は「死に近く」で、一九八三年「海」九月号に掲載された。長太郎は一歩も外へ出ず、ズックゴム底の短靴をはき、杖をついてものの十分歩くことも覚束なかった。

もっぱらモグラもどきに家の中へひきこもり、二間半の廊下を歩くよう心掛けた。夏でも手袋をはめた。指が硬化して思うように曲がらない。ボールペンも使えず、左手にもちかえて書いた。窮すれば通ず、の譬えの通り。これが川崎長太郎の「老残の荒野」であった。

眼も、耳も、口も満足なものではない、全身ヒビだらけ。これまで震災、戦災、戦後を生き、いつ死んでも文句のいえた義理でなく、死んでゆくのは誰しもいい気持ちとはうら腹なものである、と述懐した。

昭和五十八年、脳梗塞で倒れ、作品集『夕映え』刊行後に、入院さきの病院で絶筆「死に近く」を書いた。「優しい笑顔の長太郎」でありました。

蒼ざめた馬が見える

五木寛之著『蒼ざめた馬を見よ』（一九六六年・直木賞）を読んだときの衝撃が忘れられない。同年の前作『さらばモスクワ愚連隊《ぐれんたい》』（小説現代新人賞）にも張り飛ばされて蒼ざめた。私は六カ月の休暇をとって、値の安いアエロフロート機でモスクワへ行き、レニングラード（サンクトペテルブルク）を旅した。

狭い飛行機のなかに「蒼ざめた青年」たちがいた。さらにフィンランドへ行き、ヘルシンキから列車に乗って北上してロヴァニエミ駅で降りた。ロヴァニエミの湖はロシアの軍事機密を諜報する西側のスパイが、水上飛行機で碇泊する地であった。低空飛行で森の上を飛び、ロシアのレーダーをかいくぐって湖に着水する。

ラップランドで「一瞬の秋」（荒野の黄葉林が五日間で散り落ちる）を見た。

この小説は読む者を空漠の危険地域へ駆りたてる。社会主義国ロシアが崩壊していく時代だった。町かどに民警がひそんでいるのではないか、という恐怖があったが、旅さきで会ったロシア人は朴訥で親切だった。

小説の主人公鷹野隆介はQ新聞社外信部記者でロシア語が堪能なことから社の密命を受けて、単身ロシアに向かう。

ロシアの文豪M（ミハイロフスキイ）が執筆して未発表の黙示録的小説を手に入れるためである。

鷹野はフィンランド経由でレニングラードへ入り、M氏に会おうとするがにべもなく断られた。

五木氏は、文化、芸術の中心であるレニングラードに着いた夜明けがた、町のネヴァ河の堤防の道を歩いていった。すると十数人の男女が何か大声で呼んでいた。堤防の下にある建物に向かって呼びかけている。

革命前の古い教会で、監獄になっていた。夜明けの堤防に集まっている人たちは、そこに収監されている囚人の家族だという。案内してくれたガイドが「地下出版に関連した友人がここに収監された」と小声でいった。薔薇十字監獄とも呼ばれているらしい。そのときこの物語がひらめいた。

ロシアの革命、内乱、戦争、粛清、反動の半世紀は、栄光と悲惨の縮図で、見てはならない「蒼ざめた馬」である。

一九六五年、アンドレイ・シニャフスキーとユーリ・ダニエルは西側で出版された文学作品が「反ソ的」ときめつけられて強制労働七年と五年をくらった。『ドクトル・ジバゴ』でノーベル文学賞となったパステルナークは、ソ連政府の圧力で辞退した。激烈な批判キャンペーンがくりひろげられ、不遇のうちに死去（一九六〇年）していた。

鷹野はレニングラードの詩の朗読会で「美しい暗い目をした」オリガという少女と会う。枯葉色の髪を短くカットした少年のような娘。スリムな体つきに似合わず、青いブラウスのボタンが引きつれるほど挑発的な胸の線をしていた。

オリガは靴のまま椅子の上に立ちあがって激しく手を叩いた。蒼ざめていた少女の頰に、朝焼けのような血の色が出た。

（あの少女を抱きたい！）と鷹野は思った。単なる肉体的欲望とは違った何か内面的な渇きのような感情だった。

詩の朗読会のあと、オリガがレニングラードの町を案内してくれる。オリガは二十二歳だった。ネヴァ河の水面《みなも》がはがね色に光る。

ゴーゴリの『鼻』の主人公、八等官コヴァリョフの鼻が、三時になると体から離れてうろつくのが、このネヴァ大通りだ。美貌のアンナ・カレーニナの夫が、霧のなかを馬車で駆けつけたネフスキー大通り。このシーン、シビれますよ。

夜の底にうずくまる壮麗な石の回廊は暗く深い森のようで、もうひとつ運河を渡ったモイカ運河沿いには詩人プーシキンが住んでいた。プーシキンは社交界の花形となった妻ナターシャへ手を出したダンテスと決闘して三十七歳の生涯を終えた。

雨が降る。

鷹野はオリガの肩を腕のなかに引きよせた。

(よしたほうがいい。おまえには大事な仕事が残っているんだ。まずいことになるぞ)

という転落感が鷹野の心をかすめた。

やがてオリガの紹介で文豪Mと会った鷹野は幻の黙示録を手に入れることができるが「暗い目をした」オリガとの恋はどこへむかうか。物語は二重三重のどんでん返しで展開される。恋と冒険とスリルにみちた陰謀。

『蒼ざめた馬を見よ』は中国語訳も出たが、造りは意図的に官能ミステリー扱いで、まっとうな装丁をすると発行禁止となるという。ロシア語訳は発行されなかった。

再刊された小説は『五木寛之セレクションI　国際ミステリー集』(東京書籍)にま

とめられ、「夜の斧」「深夜美術館」の二篇も入っている。

アメリカをはじめとする自由主義陣営の謀略と、ロシアの秘密警察暗躍の両面を描いている。密告と検閲によって小説家が告発される。五木氏は『さらばモスクワ愚連隊』『蒼ざめた馬を見よ』を書いたあと、ロシアからペルソナ・ノン・グラータ(好ましくない人物)とされてマークされ、しばらくはソ連に行けなかった、という。そのことが巻末にある佐藤優氏との対談解説であかされる(いまのロシアを示唆する)。

『蒼ざめた馬を見よ』が書かれてから八年後(一九七四年)に、ソルジェニーツィンは西側で刊行した『収容所群島』により国外追放となった。

ソルジェニーツィンはスターリンを批判して八年の刑を受け、『イワン・デニーソヴィチの一日』で収容所の悲惨な日々を書いた。スターリン失脚で釈放されたが、社会主義社会の矛盾と非人間性を摘発して、ソ連官僚をこれでもか、とばかりに告発した。

収容所で文学修行のつもりで書いていた日記が役にたった。それにつづく小説『ガン病棟』を書いたが、この小説が出版不許可となり、ソ連作家同盟への公開状を送るが無視された。

一九七〇年ノーベル文学賞を受賞。一九七四年『収容所群島』の原稿がKGB（国家保安委員会）に押収され、国外追放となった。

『蒼ざめた馬を見よ』という小説が暗示した通りとなり、小説が現実を予言した。いまも同じ情況にある。テレビで見るプーチン氏の表情にも「蒼ざめた馬」がかいま見える。

俊寛が郵便配達人になる話

「無人島へ一冊だけ持っていく本はなにか」と訊かれて、ハタと困った。

とりあえず水を確保しなければならない。川か泉か水道か。あ、無人島には水道局がないので、水道の蛇口もない。谷の湧水を捜すが、絶壁で登れません。自力で井戸を掘ろうとしてもシャベルがない。

ヤシの木に登ってヤシの実をとる手もあるが、木に登れない。どこかにミネラルウォーターの自動販売機があればいいがあいにくと小銭を持ちあわせていない。困ったね、どうも。

ジャングルの奥に、軍が隠した掘削機があると思いつくものの、錆びていて使いものにならないだろう。

食料も必要だ。森をめぐって草の実を採り、大蛇をつかまえて焼いて食うか。でかすぎる蛇だとこちらが食われてしまうので槍と石斧を作って野獣に食われないようにする。原始人になる。

住居をどうするか。岩場の洞窟か、木の枝に巣のようなねぐらを作る。

蚊が多いので、地上五メートルの枝の股に作る。木の枝をナイフで削って釘とするがナイフがない。少年ケニヤやターザンみたいに、仲のよいゴリラが集まってこない。

火をおこす工夫。水を飲む椀をどうするか。

といろいろ考えつつ、無人島に行くときの荷物をどうするか。

日本列島には、かなり多くの無人島がある。学生のころ、松島湾にある無人島で合宿したことがある。かつては人が住んでいた島で、井戸水があったので、食材を持ちこんで自炊したが、本は持ちこまなかった。

無人島でキャンプする探険隊諸君は、スマホで対岸の船宿へ連絡するとモーターボートが迎えにきてくれる。

都市で暮らす人には無人島願望があり、「だれもいない島へ行って、夜空の星をながめてみたい」と夢想する。

そういう人の願いをかなえるための観光無人島が世界各地にある。ベルヌ作の『十五少年漂流記』やスティーブンソン作の『宝島』やスウィフト作の『ガリバー旅行記』を読んで、「見知らぬ島」を夢見てきた。無人島で役に立つのは『食用植物図鑑』

『焼き肉読本』『水路探索術』『星座図』といった実用書だ。

戦地へむかった兵隊が文庫本の『万葉集』を持っていった、という話がある。ドンパチやっている戦地で『万葉集』を読む時間なんてあったのだろうか。読んでいたのは将校クラスのインテリ士官だろう。

二等兵として召集された新聞社勤めの亡父（祐乗坊宣明）は、地雷にふっとばされて「九死に一生」を得て、敗戦後に復員した。

「小便で手を洗った」話をした。地雷を踏んだ地にアザミの花が咲いていてアザミごと宙に飛んだので、生涯、アザミの花を嫌っていた。

友人のテナーサックスの名人（中村誠一）は、夏休みにハワイへ行って『ほら吹き男爵の冒険』を読んだ。

私は旅行中に本を読むことはほとんどない。海外旅行のときはＪＴＢ刊のガイド本を持ち歩いた。

ひと昔前は『新婚旅行の前に読む本』（女性用）なんてのがあった。『刑務所に一冊だけ持っていく本』なんてのがあれば便利だが持ちこみ禁止。『刑務所体験記』も役に立つがネットフリックスの『世界の危険な刑務所シリーズ』がリアルでぞくぞくする。

『一家心中の宴』(北海道で一家心中する前夜はカニを食おう)。『泥棒講座』(『怪盗ルパン』とか)、『愛人心得』(これは各種ありますね)、『逆立ちの技術』(健康志向)、『ヤクザ俳句』(既刊あります)、『オカルト読本』(シリーズ全三巻で)、『トイレで思考する』(短編集・トイレは家庭内無人島である)、『町内旅行記』(全三百巻。全国公民館編)。『無人島よ、こんにちは』(無人島社監修)。いろいろあるな。『無人島にとって美とはなにか』(孤島で思考するロンリー哲学)。『無人島というカンバス』(無人島美術論・横尾忠則編)。『睡眠王の贈物』(ひたすら眠って、夢と現実が混在する生活・嵐山編)。『無人島千夜一話』(無人島説話集・無人島での退屈しのぎ話。舟乗りシンドバッドの告白)。『無人島でつかまえて』(高校を退学したサリンジャーが家を飛び出し、無人島へたどりつき隠遁生活を送る続編。……屋根の梁《はり》を高く上げよ)。

と、なんだかややこしくなってきたな。けれど、無人島に本を持ってくれば、雨に濡れてページが破れてしまう。

「無人島に持っていく本」には雨よけの屋根と本棚が必要だな。どっちみち持っていくならまとめて百冊ぐらいないと「千夜一夜」式読書はできません。

『天国読本』(死後の世界はどうなるか)。生前の瀬戸内寂聴さんは、「死んだ人は

『三途の川』ではなく、瀬戸内海のような海を団体旅行のように楽しく渡る、と言っていたが、じつのところ、まだ死んだことがないからわからないわよ」（寂庵法話）と言っておられた。ヨコオさんのところへは、宇宙回線電話で報告があったと思われます。

世界中の人が「無人島生活」化してしまった。ヨコオさんが提唱した「ウィズ・コロナ」説は、いつのまにか国論化して、昔からあった概念になってしまった。

無人島へ持っていく一冊は、ぶ厚い電話帳がよろしい。なぜなら薪を燃やすときに一ページずつ点火用に使えるから。

職業別電話帳ならば、いろんな仕事を見つけるのが楽しくてあきません。あらま、こんな仕事があったんだ、という驚きがある。一年に一冊燃やしたあと、ドローンで新しい電話帳が無人島に届けられる、ってのもいい。

なんだか『流罪の俊寛』みたいな心境になってきた。連れ戻された俊寛が郵便配達人になって走り廻る話を読みたい。

千円札博士の傲慢と殉職

細菌学者の野口英世（一八七六〜一九二八）は福島県耶麻郡の貧農の子に生まれ、幼時、左手に火傷を負ったが、高等小学校のときに手術をした。こぶのように固まっていた五本の指がきりはなされると、医学こそが人間の不幸を救う道だと気がついて、ナポレオンの伝記を読み、「ナポレオンのようになりたい」と思った。「ナポレオンと同じく一日三時間しか眠らず、刻苦勉励した」と『野口英世伝』に書いてある。明治、大正、昭和、までは偉人伝が盛んに読まれた。ひとくちに「偉人」といっても、政治家、事業家、軍人、発明家、音楽家、世界的権威の勲章を得た人などさまざまな分野にわたっている。英世は、医学への挺身を決意し、医学の世界で名をなすことを「男子の本懐」とした。脇目もふらず猪突猛進して、負けじ魂がある強い子に育った。一途なこころざしの少年。

上京して済生学舎に学び、医師免許をとり、北里柴三郎の伝染病研究所の助手補になった。ここまではうまくいった。ちょうどそのころ坪内逍遥《つぼうちしょうよう》（一八五九〜一九三五）の『一読三歎当世書生気質《いちどくさんたんとうせいしょせいかたぎ》』という小説が評判になっていた。明治十七、八年ころの書生（学生）が娼妓らと遊びほうける話で、それまでの勧善懲悪《かんぜんちょうあく》主義を排した。明治版『太陽の季節』ですね。

いつの時代も不良学生が新時代の価値をつくる。この小説の登場人物のひとりは野々口精作という医学生で、優秀学生だが女と酒におぼれて堕落していく。英世の本名は野口清作で、二字違いであった。

こんな本を読んでしまったことをくやんだ清作は改名を決意した。英（英雄）と世（世界）をつなげて「英世」。清作なんていう田舎の泥くさい名を捨てて「英世」と改名すると、「世界の英雄」になる気がした。偉人伝症候群で、伊藤は「博文」、岡倉は「天心」、野口は「英世」。みんな立派な号を名乗った。

明治三十三年二十四歳で渡米した英世は、ペンシルヴァニア大学の助手となり、ロックフェラー医学研究所員になった。名は人を覚醒させる。英世は梅毒に関する論文をつぎつぎと発表し、注目された。

世界中にひろがった梅毒病原体スピロヘータの純粋培養に成功して、ノーベル生理学・医学賞候補とうわさされた。もう少し生きていれば、日本人初の受賞者として

「偉人伝」に入ったかもしれない。

　しかし、性格に難があった。それもただならぬ難。歴代の名をなした英雄は秀才にありがちな特権意識が強く、友人や先輩を踏み台としてのしあがる。はじめのうちは腰を低くしていたのに、地位があがるとうって変わったように傲岸不遜となり、わがままが許されると勘違いをした。

　成りあがりで、金銭感覚がルーズだったため、墓穴を掘った。英世はナポレオンと同じく小男である。おまけにちぢれ毛で、風采があがらない。千円札に描かれている英世の肖像は、画家の好意により理知的に修正されている。というより「別人」に化けさせた。まあ、お札の肖像はみんなそうですけれど、ね。

　英世はナポレオン伝を読んでから性格がトンガって突貫小僧となりました。フランス皇帝になってからのナポレオンは、失敗の連続で、エルバ島に流され、セントヘレナ島で没するまでの謀略と破綻の生涯でした。

　英世は多くの人の援助を得て、金を借り、ふみ倒すことに馴れてしまった。上京してからは友人に金を借りまくるいっぽうで、返済する意思はなく、性格が傲慢になった。研究者として成果を得るために、善意の援助者をだました。英世にたかられて身代をつぶす者が続出した。

アメリカへ渡航するときは、結婚を約束した女性から三百円をまきあげた。その金をあっというまに使いはたし、女は捨ててしまった。英世の友人が家屋敷を担保にして三百円工面して、その金で渡米したが、金が返されることはなく、友人は高利貸しに追いまわされた。大正四年(三十九歳)に帝国学士院から恩賜賞が授与されても、借金は返されず、恩人を無視した。週刊誌があれば、英世の金銭への執着と悪い評判をコテンパンに告発しただろう。

ニューヨークへ渡った英世は売春婦と遊び、奇しくも逍遥の小説に出てくる不良書生のような乱脈な日々を過ごした。ニューヨークではアイルランド系アメリカ人メリー・ダージスと結婚した。メリーは性格の悪い酔っ払い女で、ニューヨークの下町にある酒場で英世と知りあった。ロックフェラー医学研究所で年間三千ドルもかせぐ、気忙しい日本人にメリーは目をつけた。野口英世、一世の大失敗でした。

メリーは英世に劣らぬ気の強い性格で、浪費家だった。ニューヨークでの生活は借金だらけとなった。ヒステリーをおこして、小柄な英世につかみかかり、家のなかでぶん投げた。神童の誉れ高き日本男児が、酔ったアメリカねえちゃんに投げとばされる図は、いかばかりであったろうか。体面を重んじる英世は、メリーをニューヨーク在住の日本人に会わせることはなかった。

メリーとの屈辱的生活から離脱するためには、アメリカを離れてアフリカへ行くしかなかった。ノーベル生理学・医学賞を受賞するためには、もうひと押しの医学的貢献が求められる。黄熱病病原体の発見である。すでに南米のエクアドルで黄熱病病原体を発見したとして論文を書いていた。英世の手法は数百本の試験管に培養した菌を、一つずつ全部調べる。体力勝負である。

英世は黄熱病が広がっていたアフリカのアクラへ行く。黄熱病は感染症で、黄熱ウイルスが病原体で、蚊によって伝播する。

悪寒で全身が震え、発熱し、黄疸が出て出血し、黒い血を吐く。死亡率が高い。

英世は、現地で黄熱病にかかって五十一歳で殉職した。研究成果をめざして黄熱病が蔓延するアフリカへ行ったことが裏目に出た。感染症の病原体を顕微鏡で捜していた時代である。その一途なココロザシが痛々しい。

英世の日本での評判は悪く、「偉人伝」に書かれてもなかなかお札の顔にならなかったのはその後遺症だろうが、「かわいそうな英世であった」と、いまになって同情する。新千円札の登場で、野口英世は退場となります。

オトコはなぜ旅に出るか

私はたいした自覚もないまま日本各地を旅して山村の人情、港町酒場の酌婦、大阪・西成区の占星術師、ローカル線温泉旅、芭蕉紀行、東京旅行記、北九州市駅前ホテルのマッサージ猟奇譚、廃駅の哀愁、北海道鉄道調査、帯広のクッキー、能登半島の雪割り草、富山のスイカ、山形の水田、トカラ列島の温泉分布、清水港の寿司屋、嘘つき村、秋田市美人分布図、山の湯幽霊などの話を書いてきた身であるけれども、つねづね自戒していることがひとつある。それは自宅へ帰る覚悟である。

旅をつづけていると、家に帰りたくない。アーア、これで楽しかった旅も終わりか、という失落感がある。『旅の帰り方』という本があるといい。旅行ガイドブックはいろいろあるが、『帰り方』ガイドはない。

東京の下町を散歩しているとき、路地の下宿屋の奥さんを見て、「もしかしたら、この女と一緒になっていたかもしれない」と妄想し、とすると、私は玄関の鉢に水をやっているステテコ姿の亭主かもしれず、妄想は時間の迷路に入りこむ。知らない町を歩きながら、ぼんやりと蒸発の誘惑に身をまかせている。

未知へむかう散歩、身をひそめる場所はすぐそこにある。行方不明になっていたお父さんが、じつは隣町の豆腐屋の二階に居候していたなんてことが実際におこるのである。

蒸発者の難点は、蒸発したさきからつぎにむかう目標が定まらないことだ。

高校生のころ夢中になったのは、小林旭主演の総天然色日活映画「渡り鳥」シリーズで、ギターをかかえたイカス風来坊のアキラが旅をつづける。アキラは、

〽知らぬ他国を　流れながれて……

いくのである。港町という荒野の哀愁と活劇。港町では純情可憐なる令嬢浅丘ルリ子と逢って、愛して、別れて、

〽どうせ死ぬまで　ひとりひとりぼっちさ……

と甲高い声で歌うのである。

学校の授業で、「尊敬する人物はだれか」という欄に「さすらいのアキラか松尾芭蕉」と書くと、指導教師に「どちらかひとりにしろ」と言われ、ひらきなおって「柳田國男」と書いた。そのほうがリコウそうにみえると思った。柳田先生の『遠野《とおの》物語』『魂の行くへ』『桃太郎の誕生』『妖怪談義』はあとから読んだ。

学生のとき読んだ本を再読すると、むかし気づかなかったことをたっぷりと発見する。幽霊、天狗、河童《かっぱ》、山姥《やまんば》、山の神、神隠しなど、それこそ「渡り鳥」のような旅で採集された民話や風習に興奮する。小林旭の「渡り鳥」シリーズは敗戦後十四年たった日本が高度経済成長する直前の映画で、ぼくらは「進駐軍に復讐してやる」と反感を持ちつつもそのうち「アメリカに行きたい」と思った。ゆがんで、やけくそに明るい時代の無国籍活劇民話であって、テーマは「旅」である。

柳田は俳句宗匠のような帽子をかぶり、丸眼鏡をちょこんとかけて、一見温厚そうな風貌だが、門人たちのほとんどが破門された。考古学を蔑視し、嫌いな学者や作家を罵倒する気の強い性格だった。折口信夫は、柳田の家を訪問するときは、靴脱ぎの場所に両足をきちんとそろえて、「先生には御機嫌うるわしゅう」とていねいに挨拶《あいさつ》したという。

柳田は二十三歳のとき、渥美《あつみ》半島にある伊良湖岬《いらごみさき》へ行き、砂浜に椰子《やし》の実が流れ寄っているのを三度目撃した。その記憶が、柳田晩年の大作『海上の道』に結実していくのだが、椰子の実の話をうっかり藤村にしたら、ぱくられて「椰子の実」の詩にされた。柳田は藤村を徹底的に嫌い、藤村嫌いが詩への嫌悪《けんお》となり、のち柳田が国語教科書編纂《へんさん》をするとき、「詩を入れるな」といって教科書会社を困らせた。

柳田は大学を卒業すると農商務省農政局農政課に就職した。農商務省官吏として地方視察旅行をし、職務上、民俗学に入っていった。柳田の精力的な旅は一年のうち四分の一を越えていることが多い。役人として十九年間務めたのち、四十五歳のとき、「三年間ほど旅行させること」を条件に朝日新聞社に入り、論説委員を務めて、十年間在籍して海外を旅した。

それにしても柳田はなぜ生涯を旅また旅で過ごしたのだろうか。この素朴な謎に迫る人はいなかった。だれもが「民話の採集のため」「伝承文化の収録」「旅好きのため」と単純に考えていた。

その謎を解いたのは柳田の次女（柳井《やない》統子《すべこ》というペンネーム）で、「早稲田文学」に「父」という小説を発表した。そこには、父である柳田の家庭内での孤独の姿がこと細かに記してある。柳田は養子であり、財産家の養父母の権力的威圧の下にあった。柳田はそれに強く反発した。この小説を見逃さなかったのは浅見淵《ふかし》という文壇通である。神戸市生まれで早大国文卒。学生時代から丹羽文雄や尾崎一雄を識り、性格温厚、長者の風格がある人だった。

柳田は家の中で孤立していた。柳田の養父は明治維新のとき十万石の小大名のヤリ指南から司法官に転身し、数十万の資産を作った。金銭にこまかく、義母も同様であった。お金や株券をどう貯めておくのがよいかと相談をうけた柳田は「地面に穴でも掘って埋めときなさい」と放言して義母をくやし泣きさせた。柳田はプライドが高く、養子でありながら、風呂《ふろ》へも一番最初に入らぬと承知しない性格であった。

柳田は、この小説を書いた次女を自分の研究室の一番弟子と結婚させる気でいたが、夫人のほうは貧乏な学生に娘を嫁《とつ》がせる気は全然なく、先手を打って大金持ちの実業家と結婚させた。柳田はその娘にむかって「愛情ある人と結婚することだ。お父さんなんか、生涯だれにも理解されなかった」と言った。浅見はそういった柳田の心情を「孤独の人」(原題「柳田國男氏の一面」)として発表した。浅見は、柳田が自然主義一派の私小説を毛嫌いしたのは「國男のこういった複雑な家庭事情があったからだ」と分析している。

柳田國男は、家にいるのがいやでたまらず、しょっちゅう旅をつづけていたのである。こんなに簡単でわかりやすい説明は、実の娘しか書けない。鷗外、露伴、朔太郎《さくたろう》、犀星《さいせい》といった大作家の娘は、父が死ぬと「思い出の記」を書く。それは、いかに親しい友や弟子でもうかがいしれぬ家庭内の秘密であって、月並みの解説よりは、はるかに説得力がある。表現者たる者は、柳田ほどの大家でなくても、くれぐれも娘の前では油断なさらぬように。

おむすびはなぜ三角か

鏡餅《かがみもち》を割り、電気コンロで焼いて汁粉に入れて食べると、少年時代の新年の行事はほぼ終わりとなった。

昭和二十二（一九四七）年父が戦地から復員し、焼け跡に建てられたバラック小屋で暮らした。ゴザ敷き四畳半の暗がりに床の間があり、ベニヤ板で作った三宝に紅白の鏡餅をのせ、てっぺんにみかんを飾った。

餅を刃物で切ることは禁忌（切腹に通じる）だから、ヒビの上を両手で握って割って、金槌で叩いた。

江戸時代、鏡開《かがみびらき》は正月二十日の行事だったが、三代将軍家光の忌日が二十日であったため、十一日に改められた。

いまは江戸時代じゃないので、正月休みの終わりちかく、餅の断層崖をジローリと見て、「いいヒビですなあ」とほめ、「ざっくり割れそうだ。ぎざぎざに稲光りしてますよ」と頷く。

天照大神《あまてらすおおみかみ》の降臨だな。天岩屋戸《あまのいわやと》が開く。鏡餅を手で割るのは母親の役で、新しい生命は女性の軀に宿る。母のヨシ子さんは、円盤状の丸餅をあかぎれの指でつかんだ。女の指は神の指だ。

丸餅の表面に青カビが出ていたが、爪で削りとった。

父のノブちゃんは、「餅に生じるカビの分泌物ペニシリンは抗生物質として実用化された」と講釈しつつ竹ベラでこそげ落とした。弟のマコチンが「へーえ」と感心し、末っ子のススムが青カビの断片を布巾でふきとった。ヨシ子さんは念力をこめてミシミシと鏡餅を割り、さらに長男の私が金槌で叩いて一口大に砕いた。

渦巻き状にニクロム線がはりついた電気コンロにのせて、流れ星みたいに崩れた餅を焼いて、汁粉に入れて食べた。汁粉の甘みが背骨をつついてきて、餅の味が口いっぱいにひろがった。

柳田國男が三十四歳で発表した説話集『遠野《とおの》物語』（明治四十三年刊）は世間の識者を驚かし、柳田の名を確固たるものにした。その二十八話に餅の話が出てくる。

山に住む猟師が山小屋で餅を焼いていると「大なる坊主《ぼうず》」が侵入してきて、手を差しのべて食べはじめた。猟師が恐ろしさのあまり、残りの餅を差し出して与えると、嬉しそうにみんな食べてしまった。つぎの日に猟師は、餅にまぜて白石を二つ三つ、炉の上にのせて焼いておいた。「大なる坊主」はまたやってきて餅を食べつくし、最後に焼いた白石を食べ、驚いて小屋を飛び出して姿を消した。その後、谷底にこの坊主の死体がみつかったという。

この説話の背後には饑餓《きが》への恐怖がひそんでいる。柳田は自伝『故郷七十年』（昭和三十四年刊）に饑饉《ききん》体験を書いている。明治十八年（十歳）、饑饉はピークに達しており、柳田は貧民窟の近くに住んでいたので、その惨状をつぶさに目撃し、体験した。町の有力な商家が、家の前にカマドを築いて焚《た》き出しをするが、それは米粒がひとつぶもないような重湯であった。これが一カ月つづき、「その経験が、私を民俗学の研究に導いた一つの理由ともいえるのであって、饑饉を絶滅しなければならないという気持が、私をこの学問にかり立て、かつ農商務省に入る動機にもなった」と述懐する。

柳田の膨大な著作は、日本人の衣食住に関する論考が一つの核であるけれど、「うまい」「まずい」といった言葉は使われていない。日記にも「味の感想」はない。柳田にあっては、人間が生きていくうえの食のみが問題であった。

柳田が生まれた松岡家は、学問好きの医者で代々貧しく、國男は八人兄弟（うち三人は早世）の六番目であった。次兄泰蔵は井上家へ養子入りし、名を井上通泰《みちやす》と改め、眼科医のかたわら『万葉集』の権威として宮中御歌所寄人《おうたどころよりうど》の歌人となった。次弟静雄は海軍大佐をへて言語学の権威となり、末弟松岡映丘《えいきゅう》は東京美術学校教授となり、山口蓬春《ほうしゅん》、山本丘人《きゅうじん》、杉山寧《やすし》を育てた。兄弟のうち通泰、國男、映丘の三人が芸術院会員に名をつらねた。柳田は昭和二十六年（七十六歳）に文化勲章を受章し、秀才兄弟のなかでも、ひときわぬきん出た。

盆なしで給仕をした宿の娘が「テコノボンでごめんなさい」と言ったことに気をとめ、「手のひらを窪《くぼ》めて作った盆」のことだと考察する。漬物を賞味するとき、手の窪みを皿がわりにして、食べ終わると手のひらをペロリとなめる。「手の窪は個人私有の発端」であり「食物の分配は手のひら」に始まり、飯汁を椀《わん》に盛るのは「配給の原則」とする。

餅が小さく丸く均一なのは「平等の私有」という発想で、モチの語源は長持ちする「モツ」と、手に持つ「モツ」の二つの動詞の合体とする。

これを読む者はケムに巻かれる。仮説となる語源は各地で採集してきたデータと結びついている。

鏡餅のカガミは各人に平等にむけられる鏡で、ここに食物分配の本来の意義があるとする。

この話は『食物と心臓』（昭和十五年刊）に収められている。柳田は、この本の巻頭で「鏡もちはなぜ丸いか」に関して自説を書いている。さらに、「握りめしはなぜ三角であるか」と。結論をあかせば、マルも三角も心臓の形であるからで「最も重要なる食物が、最も大切なる部分（胸腔、つまり『こころ』）に入るというのが古人の考え」と推察する。

さらに「生と死と食物」では、日本人が死者の霊前に食物を供すことの意味を解明していく。

死者に食べさせる「枕飯《まくらめし》」とはなにか。飯の残りをどうするのか。雑煮とナオライ。午餉《ひるげ》と間食《かんしょく》。米櫃《こめびつ》の由来。親の膳《ぜん》。影膳。ゴマメの歯ぎしり。

柳田の根底には「饑饉からの脱出」がある。戦争の原因をつきつめると「饑饉」で、食えない時代が戦争の狂気へむかう。

柳田の思考は常民にあり、地を耕す「常民」の視点で日本を発掘しようとした。コミュニストの志賀義雄は「獄中で読んだ柳田先生の本」のなかで『食物と心臓』をあげて、ひどく感激して、のち郭沫若《かくまつじゃく》（中国の文学者、政治家。中国科学院長）にこの本を渡したという。

ゴーヘイは負けない

ヒゲモジャ大魔王の秦剛平《ごうへい》から『七十人訳ギリシア語聖書』(青土社)が送られてきた。古代ユダヤの思想・文化・歴史を知るために重要な十二書である。人生の教訓「ベン・シラの知恵」、ユディトという女性の信仰「ユディト記」、「哀歌」などギリシア語原典からの訳で、二段組八〇九ページ・索引二十一ページ、レンガよりでかく、厚さは五・七センチ、定価一万一〇〇〇円(税別)。手で持ちきれない重さだが、ゴーヘイ訳は「お話文体」で読みやすい。紀元前の世間話や人生論、宴席の心得、舌禍事件、神の審き、復讐譚、などの事件簿である。マリアはイエス・キリストの母親であるが、福音書によれば、イエス以外にヤコブ、ヨセフ、シモン、ユダ、ほか姉妹を最低二人産んだ(マタイ伝)。マリアは七人以上の子持ちの肝っ玉母さんなのに、「処女マリア」とされる。

『七十人訳』というのはヘブライ語の教義や預言集を、七十人の学者が手わけしてギリシア語に訳したからである。その旧約聖書がキリスト教徒の聖典となり、プロテスタントの新約聖書に引用され、とんでもないフェイクとなった。

ゴーヘイはヘブライ語はもとよりギリシア語を解読できる。すでに『七十人訳ギリシア語聖書入門』（講談社選書メチエ）や『美術で読み解く聖人伝説』（ちくま学芸文庫）が刊行されている。

紀元前の暗号文字であるヘブライ語を解読できる学者は、世界中捜しても極めて少ない。

アメリカの超一流大学神学部は徹底した無神論者の教授が多い。ハーバード大学の神学部は無神論者の牙城である。ゴーヘイが客員研究員をしていたイエール大学の教授陣は無神論者とリベラルたちでなりたち、福音派は一人もいない。それを知らずに入学してきた学生は愕然として、一年足らずで退学している。

そんな超人的博士をゴーヘイと呼ぶのは、高校同級生だったからで、在校中に共謀して事件をおこした「不埒なる過去」がある。卒業後のゴーヘイと私は「人生の負け組」として忍従、流浪して、ともに敗者復活戦を生きてきた。

ゴーヘイは父恒雄に反抗し、数年の浪人後にＩＣＵ、京大大学院をへてドロプシー大学（フルブライト）で学んだ。その後、ペンシルヴァニア大学（研究員）→オックスフォード大学（客員教授）→ケンブリッジ大学（フェロー終身会員）と漂流し、帰国すると私の神楽坂隠居場へやってくる。

私が勤務していた平凡社の経営が悪化したとき、『世界大百科事典』（略装版二十四巻）十二セットを同僚の大学教師に売ってくれた。百科事典の第十七巻に剛平の祖父秦逸三《いつぞう》（一八八〇～一九四四）の項目がある。逸三は大正、昭和の化学者で東京帝国大学応用化学科を卒業して人造絹糸（人絹《じんけん》）を製造し、帝国人造絹糸株式会社（現・帝人）を設立した。ゴーヘイの父恒雄は長男であったが、帝人に就職せず、読売新聞記者となった。パリ特派員のときパリ大（ソルボンヌ大）に入学して、晩年は結核を患い、自宅で療養をつづけ、ゴーヘイと和解した。ゴーヘイの実母は一九四五年八月六日の広島原爆により亡くなった。

不埒五人組は、年に一度、西荻窪にある旧ゴーヘイ宅で父恒雄氏と歓談した。行くたびに上等な牛ステーキを御馳走になった。

ぶ厚い青土社本にゴーヘイの近況報告が入っていた。八月に熱中症で倒れて地元の総合病院にかつぎこまれ、幻聴や幻視症状が出たという。神経内科でＭＲＩによる検査を受けたが、原因不明で病院のベッドは震度七強の横揺れ、縦揺れ、渦巻となり、これが三十分以上つづいた。

なにも食べられず、無理に食べると吐いてしまう。四週目に入ると、担当医から「このままじゃ死んじゃうよ」と言われた。四十日間入院して退院するときは一八キロ減の骨皮筋右衛門となった。室内を歩き廻るため歩行器具を使っている。そんななか、翻訳の適否をひとりでチェックして、いままでの聖書理解に真っ向から挑戦したいと思うようになった。キリスト教（ユダヤ教）とは何かを極限まで遡って考えるよい機会となった、と述懐している。

ゴーヘイ、おぬし、死ぬ気だな、と直感した。八十二歳だから、いつ死んだっておかしくないが和子夫人は二〇一一年に癌で亡くなった。

二〇〇七年に、坂崎重盛と一緒に、ゴーヘイ夫妻が住んでいるオックスフォードへ行き、夏休みで空いている大学教員宿舎に泊まった。和子夫人と連れだって、コッツウォルズ地方を自転車旅行した思い出がある。

ゴーヘイに寄りそった和子夫人も翻訳の達人であったが、いまのゴーヘイはひとりで、ヘブライ語、ギリシア語に立ちむかっている。

入院する一カ月前、ゴーヘイは神楽坂まで歩いてきて、中国料理の龍公亭で待ちあわせた。髪の毛ボサボサ、頰《ほお》、顎《あご》、口ひげモサモサで、異様な風体の男が歩いてくるのを見た店の女主人は「嵐山の友人に違いない」と直感して、店内へ引き入れた。

ゴーヘイに電話すると「二本の杖をついて、二キロ離れた焼き肉店へ行き、七六〇円定食を食べている」とのことであった。

おかげで、体重は二キロ増えたが、一キロ増やすのがいかに大変であるか、と嘆いた。ゴーヘイの亡父みたいにガリガリに痩せた仙人になったのだろうか。

「すぐこの続編の訳を入稿する」と言うから「ムリすんなよ」と言った。八十二歳になったら「持ちこたえる体力」でしょ。

ゴーヘイは年末に病院で再検査して「幻聴、幻視の原因を調べる」と言うが、原因は、この、ぶ厚い本ですよ。こんな根気のいる仕事をしていたら体調が崩れる。まずは持ちこたえる、と。

みんな、自分のことはわからないのに、他人のことはわかるんだな。じつは私も腰を痛めて、ベルトを巻きつけて、持ちこたえている。

二〇二四年一月、秦訳の『七十人訳ギリシア語聖書・箴言《しんげん》』(青土社)が刊行された。翻訳開始から二十一年かけて全訳が完成した。やったね、ゴーヘイ。

自分の影につまずく

三十代のころより週のうち三、四日ほどは自宅へ帰らなかった。これがいいんですよ。蠱惑の日々だった。雑誌編集の仕事に没頭して、自宅へ帰る時間がなかった。

結婚したときは六本木竜土町の木造アパートを借りて、下駄はいて赤坂の銭湯へ通った。しばらくすると子が生まれたので東京郊外の滝山団地へ引っ越したが、千代田区四番町にある会社までは一時間以上かかった。

で、赤坂四丁目のワンルームマンションを借りて、会社へは小型自転車で通勤した。仕事がむやみに面白くて、残業なんかまったく苦にならなかった。こなす用件が錯綜して、なにから手をつけるのかが判断できない状況に欲情した。こんがらがって脳から足の指さきまでもつれるのがいいんですね。これは学生時代には得られない恍惚で、ビリビリとしびれた。雑誌編集室は六番町の表通りにあり、安普請オンボロの建築で、本社の下請小会社みたいだったから、バネがぬけたソファーのある小部屋に寝泊りすることもたびたびであった。いまの「働き方改革」なんてなんなんだろう、と思う。週の後半は団地の自宅へ帰り、その日もまた楽しみだった。私と同じ世代のお父さんたちは、みんなそういう感覚で働いていた。アレやってコレやってなんだかんだと忙しいけれど、それが「苦」でなく「遊び」だった。タコ部屋の快楽とでも申しましょうか。定年退職したお父さんがしょんぼりするのは「会社という遊び場」がなくなってしまったからだ。とわかって坂崎重盛とふたりで蘭亭社という会社を作った。十年前に閉じてしまったが、定年前に退社したくなったら「小さな会社」という遊び場を作ればよろしい。

坂崎重盛とは、「七十歳をすぎたら道楽か隠居か」というギロンをしてきた。その決着はまだつかないが「隠居という道楽」という折衷案になりつつある。

コロナ騒動があってからはいまの隠居さきは神楽坂である。月・木の午後だけ営業しているが、八十三歳まではつづけるつもりだがさてどうなるか。金曜日の深夜〇時ごろ、風呂につかってから、ジャズ（中村誠一）のCDを聴きながら眠る。

朝、六時ごろ、ベッドの下を走る地下鉄の音が聞こえる。

寝室の窓をあけると、切株にムクドリの子がとまっていた。滝山団地に住んでいたころ、傷ついたムクドリの子がベランダに落ちてきた。部屋に入れてピー子と名づけて育てると、人になれた。床の上にいるゴキブリを電光石火の早業でつかまえて食うので「部屋飛ぶゴキブリホイホイ」として重宝した。よくなついたが窓の外を飛ぶムクドリの群れを見つめているので窓をあけると、空高く飛び、ふたたびベランダに戻り、ピーッと三回啼いて飛んでいった。ムクドリを見ると、ピー子を思い出す。

ドコドンド・ドンドコド・ドコトコド・ドドド……。心臓の音がふるえて、地下鉄に鼓動する。吉井勇は「かにかくに祇園はこひし寝《ぬ》るときも枕の下を水の流るる（京の祇園のお茶屋で寝るときも、枕の下に鴨川のせせらぎが聞こえる）」と歌ったが、花町・神楽坂の下は地下鉄の音がする。

日ざしに六月の匂いがする。

神楽坂の朝は薄曇。湯をわかし、ドリップコーヒーをいれて、セカセカと飲んだ。坂の裏通りにある店でてんぷらそばを食べた。

飯田橋から乗った昼のJR総武線はガラガラにすいている。中野駅で中央線に乗りかえて国立駅に到着。自宅に帰るのは、出稼ぎ労働者の帰宅、あるいは菊池寛の戯曲『父帰る』で二十年ぶりに帰る気分で晴れがましく、駅の売店でいちごパックを二箱買った。ローボのヨシ子さんは一〇七歳になり、近くのローケン（介護老人保健施設）に入所している。

いちごパックを父の仏壇に供えて自宅の居間に入ると、掘り炬燵のテーブルがひっくり返り、座蒲団が散らばっていた。な、なにごとがあったのか。

四〇メートル離れた無人家屋に住んでいる黒猫が産んだ子猫四匹のうち二匹がやってきて、追い散らかした。クロ子ちゃんとブチ子ちゃんで、朝と夕食どきに連れだってやってくる。わが家の中庭はノラ猫の集会場になっていて、地域猫の談合があり、定期的にうちあわせをしている。

クロ子ちゃんとブチ子ちゃんは窓下の駐車場に置いた椅子に寝ころんで昼寝をするようになった。以前は、ちょっと近寄るだけでさっと逃げたが、いまは椅子の上から立ちあがり、「ニャッ」と声をたててキャットフードを欲しがる。

この二匹を動物病院へ連れていって避妊手術をしなければいけない。先々代のクロ子姐さんはケンカで嚙みちぎられた耳や、腫瘍手術で、しょっちゅう動物病院へ連れていった。そのたびに大騒ぎ。出窓へ二匹が上ってきたとき、窓を閉めて捕獲しようとしたのだが、これが大騒動になった。

二匹はシャーッと牙をむいて怒りまくり、棚から棚へ跳び、掘り炬燵へもぐりこみ、爪を立てて跳びかかってきた。先々代のクロ子姐さんよりずっと凶暴だった。かわいい子猫が野獣と化して、そう簡単には人間に馴れねえぞ、という野良猫魂がある。

つつじの花が咲いた。先代のニャー子姐さんのブロック製墓石の上につつじの花弁が散っていく。白いつつじ、朱色のつつじ、ピンク色の花マンダラになっている。

隣家が三十年前に建てたワンルーム・アパートを壊す工事が始まり、重機が鉄骨や壁を倒している。ドッカーン、ドッカーンと地響きがする。二階建て八部屋のアパートで、二階へあがる鉄骨の階段が、書斎の前に作られたから、一年中窓を閉めっぱなしにして遮光カーテンをつけた。

どんな人が住んでいるのか皆目わからず、無気味なアパートだった。深夜の大騒動があり、救急車がかけつけて、担架に乗せられた男が運ばれていったりした。身元保証人なしで入れるアパートで、化粧の濃い熟女が独り住まいの部屋もあった。取り壊す前は八部屋のうち、電気がついているのはわずか三部屋だった。

産業廃棄物トラックの荷台に鉄骨やコンクリートや壁の板をつめこんでいく。重機を扱うのは日本人だが、片づけ作業はペルー人と、肌が黒光りする外国人で筋肉がたくましい。ペルー人は細い道路にジュータンを敷いて礼拝していた。イスラム教徒らしい。

工事がはじまると、二匹の野良猫はおじけづいて遠廻りしてやってきた。

礼拝が終ったペルー人と話をした。ペルーは南アメリカの太平洋岸にある国で行ったことはない。インカ帝国の地。サッカーが強い。そのペルー人は気のいい性格で、サッカーの話をした。

暖かくなったかと思うと強風が吹き、天気は変りやすい。隣の工事が終れば、クロ子ちゃんとブチ子ちゃんは安心してやってくるだろう。

その半年後、アパート跡の敷地に二軒の瀟洒な家が建った。国立は大学や中学高校が多い文教地域だから、子育て中の家族が集ってくる。隣家の子が元気に通学する姿がまぶしい。

梅雨は薄墨の匂いがする。道を歩くと、自分の影が薄墨になり、影につかえてつまずきそうになった。

私の浮浪と巡礼

一九八一年、私が勤務していた平凡社は主力にしていた百科事典が売れず、経営危機に陥って銀行が介入し、二百四十名の社員のうち、八十名が退職した。月刊「太陽」編集人であった私（三十九歳）は非組合員（課長）だから責任をとって退職することにした。

副編集長筒井ガンコ堂も退職届を出した。J・直樹やT・三村、G・山崎など、十三名いた編集部員のうち七名が退職する事態となった。

社員を見守る篤実なる総務部長が失踪して、ミルミル会社が崩れていった。盟友の安西水丸は一年前に退職していた。さあ、どうする。

えーい、なるがままよ、とばかり新宿で浮浪者生活をはじめた。瀬戸内寂聴さんと巡礼の旅をして学んだ「思い切る覚悟」が役に立った。学生のころはヒッピー族ばかりで、浮浪者と似たりよったりの生活をしていた。ゴムゾーリをはいて道路にしゃがみこめば、それで浮浪者になれた。

新宿駅構内の浮浪者には、物理学者風、歴史学者風、禅僧風など、いろんな風が吹いていた。フクダ恆存《つねあり》風先生は英字新聞を読み、現代人の悩みを一身に背負っている風情で、床に腰を落とし眼はうるんでいた。フクダ先生と親しいコバヤシ秀雄風先生は頭に白いタオルを巻き、ひたすら山手線一帯地図を見ていた。一見すると浮浪者には見えないが、近くに寄るとくさい。燃えつくしたロウソクみたいな淋しい光がどんよりと宿り、一日一回は地下鉄トイレの洗面所で髪を洗っていた。茶のサンダル姿のフクダ先生に声をかけたが、無言でにらまれた。

伊勢丹地下へ向かう途中で二人連れの説教妻から「煙草ちょうだい」とせがまれた。浮浪者相手の売春婦だが、いかほどの代金をとっているのかわからない。酒盛りをしている浮浪者のそばに座って話しかけ、酌婦を買って出ていた。新聞や週刊誌を拾ってまとめて回収業者に売るレインコートおばさんのビニールバッグに大きな財布が入っていた。

婦人用トイレの前で、髪を髪かざりでたばね、花柄の傘を持ち、ピンクのセーター、グリーンのスカート、安い白粉をつけた「便所のマリア」が歌謡ショーをしていた。

「フジテレビで、ダークダックスと共演して評判となりましてね、NHKからは森進一との共演を頼まれましたけれど断りました」

ここまではいつもと同じ口上だった。もと東洋バンタム級チャンピオンのアオキもいた。アオキは世界チャンピオンのエデル・ジョフレに敗れるまでは連戦連勝の強打ボクサーであった。ファイティング原田はそのジョフレを倒して世界チャンピオンになった。そのアオキが青白い顔のチンピラに殴られていた。元東洋バンタム級チャンピオンが殴られ、抵抗できなくなっていた。酒を飲んでゴロリと横になり、寝たまま小便をする浮浪者になっていた。

K・グンジという男が通り魔殺人犯として逮捕された。Kは、殺人事件をおこす一カ月前に住所不定者として保護されていた。歌舞伎町のコマ劇場前で、昼間から酒に酔って通行人にからんだためだ。以後、浮浪者は殺人犯予備軍とみなされ、新宿署の取り締まりが厳しくなった。

就職して十六年たち、一丁前になったつもりでいたら、こういうはめになった。会社をやめてからは、やたらと眠るようになった。眠ると、小出版社を作る夢を見た。うまくいきすぎて「夢じゃないか」と思ったところで目がさめた。やっぱり夢なのであった。

マガジンハウス「ブルータス」のオグロという豪傑編集者から電話がかかってきた。

『男の趣味』特集を企画しているが、嵐山さんの趣味はなんですか」

「おれは失業の身で浮浪者やってんだ」

「あらま、さいですか」

しばらく声がとだえてから、

「では、その浮浪者ぶりを取材しますよ。偉そうなツラした編集長が落ちぶれて、ひねくれて浮浪者になったというのは、面白い、じゃなかった、ユニークです」

とんとん拍子に話がきまった。とっさに(新宿はまずい)と思った。新宿で撮影すれば身もとがばれてしまう。

で、見栄をはって銀座のガード下にした。撮影は柳沢信であった。「ブルータス」に取材されて掲載されるのは晴れがましい気分であった。

長髪のカツラをかぶってガード下に座り、壁にかかった立小便のしみみたいになった。柳沢信はカメラに望遠レンズをつけて物かげの奥に隠れ、通行人にわからぬように撮影をはじめた。

目の前を品のいい親子連れが通りすぎていった。子どもはあとずさったところから興味しんしんの目でこちらを見つめた。母親の声がきこえた。「ね、ちゃんと勉強しないと、ああなってしまうのよ。人間のクズですよ。いやでしょう」

サービスする気分で、口をだらしなく開けて、涎《よだれ》を垂らして股を開き、目をトローンとさせて、「アウアウー」と唸ってみせた。

柳沢信は撮影するのが早い。もっとやりたかったのに十分ほどで撮影は終了し、日比谷公園まで行き、公園の水で頭を洗った。

といろいろありまして、半年後に退職した連中と小さな出版社をはじめることになった。

山手線の五反田駅より東急池上線に乗り換えて長原駅で下車すると、客はほとんど歩いていない商店街通りに出て、松屋ストアという木造マーケットがあった。質屋、ラーメン屋、うどん屋、婦人用下着専門店、パチンコ屋、ホルモン焼き店、洗濯屋が密集している。松屋ストアの二階は八十畳ほどの物置き小屋で、隣室の研秀出版が倉庫として使っていた。

そこで「青人社」という貧乏長屋出版社をはじめた。私の巡礼的浮浪人生は、この青人社が第二番札所となった。その顚末は『昭和出版残侠伝』（ちくま文庫）に書いた。『昭和出版残侠伝』は私の浮浪と巡礼の記憶である。

第三章

いつ死んでもよくない

いつ死んでもよくない

「生きる！」と強く意識するようになったのは懇意にしている友人がばたばたと亡くなるためである。どっちみち人間は死ぬ動物であるけれど、しぶとく生きのびて、この世の無常を見定めようとする執念がちろりちろりと燃えている。生きるだけ生きていく。「いつ死んでもよくない」のですよ。

コロナウイルス騒動がおきると、瞑目して、体内に棲む妖怪系組合と団交をした。コロナ連合組合の感染要求には屈したくない。体内に籠城されるのは困るし、かと言ってロックアウトはせず、なんとか話し合って、おりあいをつけて妥結する。

世界的コロナ感染を戦争にたとえる人がいるが、それは違う。戦争になれば、戦闘機が飛んできて機銃掃射される。B29が大量の焼夷弾をばらまいて東京中が火の海になって十万人近く死んだのが東京大空襲（昭和二十年三月）である。東京山の手大空襲（同年五月）では死者およそ四千。私が疎開していた静岡県浜松をB29三百十八機が爆撃したのは同年五月十九日。天竜川沿いの家に祖父が地下防空壕を造った。鉄板張り防空壕に潜んで一命をとりとめた。旧・旧東海道（江戸時代の東海道）を荷車に積んだバラバラの遺体が運ばれていた。以後、広島原爆（八月六日）、長崎原爆（八月九日）まで日本列島各地が連日爆撃された。

その惨状はコロナ感染とはまるで違う。コロナのパンデミックは、グローバリズムという現象がもたらした。国境、人種、固有の価値観がグローバリズムという経済政策によって拡散した。戦争とは正反対の「世界はひとつ」という幻想の自壊だった。

コロナウイルスの感染によって変わったのは「人間の価値」意識である。

死生観そのものである。

「平和で文化的な生活」を享受してきたのに、見えざるウイルスの無差別攻撃によって、内側から呪われるようにどろりと溶けた。ウイルスを封じるために一切の集会、教育、飲食、旅、舞踏、詩朗読、音楽、映画、美術展が禁じられた。文化を封じることによって人間が生きていく価値観が引きさかれた。

人間が人間である喜悦が瓦解した。みんないらだって寛容な心がなくなっていく。

これを「グローバリズムの呪い」という。

じゃ、おまえさんは何者なのだ、と問われるとこれがわからない。

わかるわけないでしょ。

遊びほうけてきた無節操な老人ですよ。放蕩し、宴会、発熱、山の湯流浪、弁解、癇癪《かんしゃく》、破裂、無軌道《むきどう》、時代錯誤、有為転変《ういてんぺん》、恥さらし、乱痴気《らんちき》、間抜け、酒食耽溺《しゅしょくたんでき》、ぶらぶら、自分本意であなたまかせの二重構造。敗残、没落、横着遊蕩《おうちゃくゆうとう》、喧嘩して敵対したままの馬鹿野郎もいるが、論敵はさしたる敵ではない。おそるべき敵ははるかに大きい「世間の常識」というほほえみの無視である。老人は身のおきどころがない枯淡幽寂《こたんゆうじゃく》の沼にひそんで、トタン屋根に落ちる雨の雫《しずく》の音を聴く。

無為安楽の老境で、どかりと落ちた山の満月を見るのです。

恐るべきは肉体の衰弱で、足腰の痛みにくらべれば、精神の停滞なんて大したもんじゃない。

冷たいものがすーっと身体を突く。つらら状の細く尖った透明の風。針の穴を突くようにささってくる。これが怖い。人生遁走曲フーガの旋律短音階がツンと突く。はい、さようなら。死ねば世間がなくなる。

葬式は残された者への慰藉《いしゃ》だから、遺族がやりたければやればよろしい。死者は遺族の思いもたてなければいけないが、家族葬のあと「偲ぶ会」はやらないですませたほうがよろしい。

高齢者がふえ、おひとり様で死ぬ人の対策をどうするか。アパートや団地の一室で孤独死する人はどうすればいいか。遺体はナマモノだから、死後数日たつと細菌により蛋白質が分解されて腐敗して悪臭を放つ。部屋のボタンを押して、どこかへ連絡する方法を考えておく。

『倚りかからず』の詩で知られる詩人の茨木のり子さんは、死後のあいさつ状を二百通書いて、郵送さきの名簿まで用意していた。

このたび　私は、この世とおさらばすることになりました。

これは生前に書き置くものです。私の意志で、葬儀、お別れの会は何もしません。この家も当分の間、無人となりますゆえ、弔慰の品はお花を含め、一切お送りくださいませんように。返送の無礼を重ねるだけと存じますので。「あの人も逝ったか」と一瞬、たったの一瞬思い出してくだされればそれで十分でございます。あなたさまから頂いた長年にわたるあたたかなおつきあいは、見えざる宝石のように私の胸にしまわれ、光芒を放ち、私の人生をどれほど豊かにして下さいましたことか……。

深い感謝を捧げつつ、お別れの言葉に代えさせて頂きます。ありがとうございました。

茨木さんは二〇〇六年二月十七日に「孤独死」したが、その四日前二月十三日、神楽坂の鮨店「大〆《おおじめ》」で嵐山オフィスの中川美智子さんと食事をした。中川さんは筑摩書房で詩集『倚りかからず』を編集した担当者である。茨木さんは死別した夫（医師）と神楽坂に住んでいたころ、「大〆」の押鮨《おしずし》が好物だった。茨木さんの甥が電話をかけても出なかったため、死後二日後に保谷の自宅で亡くなっているのを発見した。中川さんは「まさか、それが最期の別れになるとは思わなかった」と慨嘆した。

ドイツの作家ヘルマン・ヘッセは不眠症であったが「眠れずに過ごす夜は魂にとって重要である」として「すべての死」という詩を書いた。

「……樹木となって木の死を／山になって岩石の死を／砂になって土の死を／がさがさ鳴る夏草になって草葉の死を／そして血なまぐさい人間くさい人間の死を死ぬつもりだ」。

死を人間の運命とうけとめ「おだやかな死と再生」を祈っている。

池内紀通信

　トルストイは八十二歳のとき家出をして、その十日後（一九一〇年十一月二十日）に小さな寂しい駅で死んだ。トルストイは帝政ロシア最高の家柄にあたる伯爵家の四男に生まれ、多くの召使にかしずかれて育ち、若い日々は酒と賭博と社交界の女との乱脈な生活に身をまかせた。精力が激しく、百姓娘アタシターシャなどと関係を持ち、十三人（十四人との説もある）の子をもうけた。

　三十四歳のとき十八歳のソフィアと結婚し、『戦争と平和』『アンナ・カレーニナ』の名作を残し、ノーベル文学賞を二回も辞退し、のみならずすべての著作を印税なしと宣言した。私有財産を否定して、非戦論を主張し、農地を解放した。

　しかし、妻ソフィアとの不和に耐えかねて家出し、荒野をめざした。領地を捨てて旅に出たトルストイは「残念だが、どうしようもないことを理解してくれ」という手紙を書いた。その手紙を読んだ夫人は昏倒した。

トルストイの家出は大がかりなもので、医師、娘、清書係の女性が一緒で、敵対したロシア帝国のスパイが尾行し、それを取材するメディアや、トルストイのファンなど二百名が同行した。史上最大の家出。

という話は池内紀編注の森鷗外『椋鳥通信』(岩波文庫　全三巻)に詳しく書かれている。陸軍軍医総監となった鷗外はドイツの新聞記事から集めた「トルストイのゴシップ」を文芸雑誌「スバル」に連載していた。それが『椋鳥通信』である。

池内氏の詳細な注釈で「トルストイの家出」の真相がわかった。池内氏は鷗外を「抑制され、調教され、一糸乱れず整然と配置され、集団体操にも似た均斉美を保持している」と分析して、「望遠鏡的言語風景」と評した。

池内氏が急逝したことを知って、書棚にある池内本を片っぱしから読んだ。ここ二十年間で百冊の新刊を送ってくれた。池内氏とは何度も山の湯へ行った。運動不足の私を心配して山登りの旅へ誘ってくれた。まず山麓で一泊して山気を全身で感じて、からだを山にならし、山頂近くの山小屋に泊まり、下山してふたたび山の湯の宿に泊まって酷使した膝や腰をいたわる。三年かけて北から南まで三十ちかくの山を登った紀行は『日本の森を歩く』(山と溪谷社)となって二〇〇一年に刊行された。

以後、年間三〜五冊がほぼ二十年間にわたって刊行された。全巻数が二百作を超え、翻訳、旅行記、伝記、桃源郷、温泉めぐり、恋愛読本、少年探検隊、文学探偵帳、森の紳士録、風景論、文学フシギ帖、亡き人へのレクイエム、旅の食卓、すごいトショリBOOK、ドイツ職人紀行など多岐にわたる。最新刊は『ヒトラーの時代　ドイツ国民はなぜ独裁者に熱狂したのか』（中公新書）である。

池内氏はアウシュビッツを生きのびたジャン・アメリーの『罪と罰の彼岸』を訳し（一九八四年）、さらにカフカの小説を全部訳し終え、評伝を書いた。そのとき、カフカが愛した姉や妹や恋人がアウシュビッツで死んだことを、かたときも忘れなかった。「独裁者ヒトラーに歓呼して手を振り、熱狂的に迎え、いそいそと権力の座に押し上げた国民がいた。私（池内氏）がさまざまなことを学んだドイツの人々である。『ドイツ文学者』を名のる限り、『ヒトラーの時代』を考え、自分なりの答えを出しておくのは課せられた義務ではないのか」

最後の一冊『ヒトラーの時代』は「自分が選んだ生き方の必然のなりゆきなのだ」と思いながら書きあげた渾身の一冊である。

泡沫政党だったナチスの党首ヒトラーは姓そのものに謎がある。アドルフ・シックルグルーバー（日本語なら、さしずめ「田吾作《たごさく》」）を父が改姓した。ヒトラーの著書『わが闘争』の経歴はまっ赤な嘘だらけである。

演説は武器としての政治的言語で要点は三つ。

①簡潔に断定して細かい議論はしない。

②単純化したロジックを用いて、二者択一を迫る。

③手をかえ品をかえてくり返す。

デビュー当時のヒトラーの演説は、のちの強圧的な声とは違ったドイツ人特有の声で、とりわけ女性が「しびれた」という。東京・有楽町の文芸講演会で、池内氏が再現した「ヒトラーの演説」(ドイツ語によるもの)を聴いたことがある。女性客は、ほれぼれと池内ヒトラー声帯模写に聴きいっていた。

一九三〇年代になると、ナチスへの入党者が倍々ゲームのようにふえていく。勇壮なトランペットと荘重な音楽、きらめくライトと一糸乱れぬ隊列。「強いドイツの復活」というスローガンの大合唱。「諸君がわたしを見つけた。それは奇跡である」(拍手がわきおこり、しばし中断)「奇跡でなくて何であろう」(拍手、中断)。

ベルリンのクローネ・サーカスを会場として、身振り、手振り入りの演説が、一時間、二時間とつづく。カリスマが誕生した。

独裁制はなぜかくも急速に実現したのか。アウトバーン建設、フォルクスワーゲン(国民車)の生産、国民ラジオの威力、労働環境の改善、社会福祉の拡充、ゲッベルス主導のプロパガンダ、ゲシュタポによる弾圧、ナチス式選挙、と、さまざまな角度から、ヒトラーを独裁者に押し上げた時代を検証していく。

H・ホフマンが撮影したヒトラー像のさまざま。ヒトラーは病的なほど潔癖性で、工場地帯には公園や緑地帯をつくらせ、環境汚染の防止につとめた。ヒトラーが呼びかけたのは、つねに不特定多数の「国民の皆様」だった。くり返し「国民共同体」をつくりあげた。

ナチズムの妖怪は異常な人間集団のひきおこしたものではなく、その母胎にあたるものは、ごく普通の人々だった。簡潔にして読みやすい文章で、いまの時代を生きる読者に語りかける。鬼気迫る傑作である。

あとがきで「気がつくと、自分の能力の有効期間が尽きかけている。もう猶予はできない」と独白している。

うっすらと「不安な予兆」を感じて、四〇〇字詰め用紙に、極私的書評ともつかぬ感想文を書きつづって池内氏へ送った。その三週間後の八月三十日、池内紀氏は、その悠悠として自在練達なる七十八年の生涯を終えた。

弔ってくれる縁者がいない死者は無縁塚に葬られる。私が五、六歳のころは行き倒れがあって、沼沿いの道にゴムズックをはいた死体が転がり、ゴザがかけてあった。身もと不詳のおじさんを見て「死ぬのは家のなかがいい」と思った。ゴザがずれると、ゲジゲジみたいだった。

霊場を巡拝するお遍路さんは白い死装束を身につけて杖を持っている。あの杖は行き倒れたときに、その荒野の隅に遺体を埋める墓標だという。

いまは遺体を勝手に埋めることは禁じられているが、その名残である。

十年ほど前に盛んに流布された無縁社会は、ひとり暮らしの老人が、だれにも看取られずに死んでいく社会現象だった。遺体がアパート個室に転がっていた。

高齢化社会となり、ひとり暮らしで孤絶化している老人がふえた。しかし無縁社会はいまに始まった現象ではなく、いつの時代にもあった。家を離れればだれでも無縁化する。人間社会の生滅変化には原因があり、それを因縁という。

縁は仏教用語で「一定の原因が作用して結果が出る」ことをいう。「袖ふりあうも多生の縁」だから人は「縁あってめぐりあう」ことになる。

老女優が、尊敬していたドラマ作家の遺骨を海にまいた「美談」を語り、作家の関係者が「遺骨は渡してない」と怒った。勝手にそんなことをされたらたまったものではない。

人間の遺体はだれが相続するものなのか。厳密に考えるとよくわからない。遺産は、金銭にせよ土地にせよ遺族が相続するが、遺体は財産ではない。死んでも当人のものである。遺体は処置されるもので、死ねば所有者がいなくなる。命を所有するのは自分だから、自分がいなくなればそれっきり。慣例で、遺族が焼却埋葬することになっている。

母親から生まれた人間は、まずは「親子の縁」ができるが、それも期限つきで、サヨナラだけが人生だ。

この世は常に変化して一瞬たりとも停止することがない。人は縁をたよりに生き、それが共同体を作った。日本では村社会と家ですね。

ところが近代社会になると、村の掟や家はよくないものとされた。地域の行事や家という価値観は旧態の悪習として排除され、それにかわって個人主義が称揚された。

大家族が分裂して核家族となり、そのなりゆきで無縁社会が生まれた。

実家を出た私は滝山団地という集合住宅で暮らし、通勤に一時間以上かかるので会社の近くにワンルームマンションを借りて仕事をした。

会社も縁で、先輩や同僚、後輩たちと、わいわいがやがや、酒を飲んだり喧嘩したり、因縁をつけたりした。敵もいたが、あらゆる敵は戦友である。会社という組織は、他社と競合して生きるか死ぬかとなれば「会社のため」という共同体の縁が強くなる。人間は縁に生きる。でありつつ縁に縛られることを嫌い、自由にわが道を行きたいと願う。荒野をめざす。

霊場を巡拝するお遍路さんが白い死装束を身につけるのは、仏教でいう涅槃《ねはん》をめざしている。煩悩を滅却して絶対自由の虚空をめざす。

ナルホド。純情爺さんは草鞋をはいて死んだ婆さんに会いに行き、菅笠《すげがさ》をかぶった婆さんは詠歌を唱えて歩いていく。

小学生のころ、「輪廻転生《りんねてんしょう》とは、死後に生まれ変わることだ」と寺の和尚の法話会で教わった。

「悪事をなすと、来世はゲジゲジになっちゃうぞ。さて、諸君は、つぎの世ではなにに生まれたいかね」と問われた。

うーんと唸り、①怪盗ルパン、②宮本武蔵、③孫悟空《そんごくう》、④エジソン、⑤落語家、⑥社長、⑦ナイチンゲール、⑧卑弥呼、⑨湯川秀樹、⑩ゲジゲジ以外、などいくつか出たが、ゲジゲジになっても徳をつめば、つぎの世で内閣総理大臣になれるのだろうか。

「死んでから生物として蘇る」というところに興味があった。

小学校のアンケートで「将来なりたいもの」という質問があり、卒業するときプリントしてクラス全員に配られた。凶悪犯が逮捕されると週刊誌の記事にそれが引用されて、「やっぱり嫌なやつだった」と書かれるから御用心。

世界は新型コロナウイルスにやられて、人間が一カ所に集まらなくなった。学校の授業も会社もリモートで行われ、新しい無縁社会が始まった。「新しい資本主義社会」とは「新しい無縁社会」なのだよ。

円安になって、食料も電気もガスもすべてが値上がりして、これを「無円社会」という。

このまま円安がつづけば一ドル一六〇円、二〇〇円となるかもしれず、再び貧乏の日々になる。

五十年ほど前は一ドル三六〇円だった。それが、一ドル一〇〇円になったとき、デノミして一ドル一円にしろ、という論があった。

一ドル一円なら、円がドルと対等になりスカッとした気分だった。

一〇〇銭が一円になったのは明治四（一八七一）年だった。銭《せん》はゼニとも読む。「ゼニを稼ぐ」という言い方があった。

日本の金属貨幣は五〇円玉も五円玉も、まん中に穴があいている。岡っ引きの銭形平次は、穴のあいた銭を投げて賊を倒した。

一円玉を投げたってヒラヒラして蚊も落とせない。一円玉を製造するのに三円かかるという。どうなってんの。

「地獄の沙汰も金次第」というから、悪事をなした人はお金を持って行くほうがいいが、円がこう安くちゃ、どうしたらいいのかね。地獄のレートは時価だから一〇〇万円持っていっても、そんな金ではゲジゲジにされてしまう。

あの世へはお金を持っていけないので、電子マネーならぬ冥土マネーで送金する銀行を作ったら便利だろうが、無円社会だから、レートが低くて、ゲジゲジになって、現世で放蕩した罪をつぐなうことになる。

と思案しながら原っぱを歩くと、ゲジゲジが地面を這っていたので「おまえは、前世でなにをしでかしたのかね」と訊いてみた。

宗教学者W・ナオキ氏から電話があり、

「ゲジゲジに代わってお答えします」

と言われた。

「輪廻転生は人間界の特権だから、畜生界へ落ちると二度と人間界には戻れません」とのことでした。ゲジゲジになると枯葉の下をもそもそ這って「善行」ができないので、生まれかわってもまたゲジゲジ。やだなあ。

輪廻は車輪が回転しつづけて、三界《さんがい》（欲界《よくかい》、色界《しきかい》、無色界）をぐるぐる廻る。欲界には六欲天、色界には十七天、無色界には四天があり、二十七天に分離する。輪廻する車輪が脱線すれば、当分のあいだ転生はできません。

ゲジゲジはムカデの俗称で百足とも書き、落葉や廃屋の床の下に生息する。触角や脚が長くて四方八方に伸びているので見るからに気持ちが悪い。触角と大顎を持ち毒液を出し昆虫を食う。

二、三センチの節足動物だが、九州の山で会った大ムカデは一五センチの長さで、嚙まれると激痛が走る。靴で蹴っとばしたら、足がマグネットキューブのようにバラバラになって逃げていった。各節に一対ずつの長い脚がある。

「百足凧《ムカデだこ》は十二枚の円形凧を一直線につないで百足に見たてたものです」

「じゃ、空飛ぶゲジゲジが畜生界からの転生をはかっているのかね」

「ゲジゲジのデモンストレーションですよ。非という漢字をたてにつなげると非非非非非非非非となる」

宗教学者W・ナオキ氏は、ここで藤原秀郷《ひでさと》（俵藤太《たわらのとうた》）の百足退治の話をした。鎮守府将軍・俵藤太が弓矢で大むかでを退治して、これが歌舞伎演目となった。頭の部分から尾までタテに射ぬけば焼き鳥の串。

ゲジゲジは仲間はずれの虫で、ダニ、サソリ、クモのグループとも違って、昆虫採集の標本にならない。

ゲジゲジ時代に徳をつんで、つぎの代でクモ（鋏角亜門《きょうかくあもん》）に転生して網《あみ》（クモの巣）を張り、蝶をひっかけて食った罪でふたたび地獄に落ち、格下げのダニとなる。

ダニになったらネズミの巣で暮らすが、家賃を払わず血を吸って、恩という考えがないため、退化して五ミリの個体でモゾモゾと這う。人畜に寄生して血を吸うから、嫌われものとなる。女のダニ、町のダニ、会社のダニ、ダニのダニ。ダニダニー（静岡の方言）。

そうこうして、アブラムシとなって苦労するうち、蚊に転生して運よく螢《ほたる》になったりする。

螢になれば、ほ、ほ、ほたる来い、ともてはやされ、蝶になれば「蝶よ花よ」と育てられ、虫に上下の貴賤あり。これは人間がつけた価値で、虫から見れば「大きなお世話」だろうが、秋の夜に鳴く虫は風雅なものと貴ばれて、『堤中納言物語』には「虫愛《め》づる姫君」が出てきます。

「人間の顔にもゲジゲジが這っている」

と宗教学者W・ナオキ氏がいう。

「ゲジゲジ眉だよ」

そうか。切り傷を糸で縫ったあとは、ゲジゲジの姿に似てますな。凄味がある。きみはゲジゲジ眉ですよ。と言ったら、

「ちがいます」

と怒鳴られた。

「せっかく教えてあげたのに、腹の虫がおさまらねえ」

あ、それは「癇《かん》の虫」ですよ。人間も腹のなかに虫を飼っているのだ。

癇癪という腹の虫。癇の虫が治まらない。

「一寸の虫にも五分の魂ですな」

と言うと、

「ちがいます。慈悲の心で教えてあげたのに。他人にやさしく、気の弱い私にだってそれ相応の意地ってものがあるのだ」

「虫の居所が悪かったか、まあ、まあ、そんなに怒んなさんな」

「虫の居所ってどのへんなのか、解ってんの」

「肝臓と腎臓のあいだあたりじゃないのかね」

「そこが肝腎か」

といって電話がきれた。

年をとると、みんな自分勝手になる。料簡が狭い。発作的に言いあって感情の虫が五臓六腑にすんでいてミンミンジージー鳴いている。今年は熱暑のせいで蟬の鳴き声が弱々しい。

こちらから電話をかけなおして、鼻をつまんで、

「ミーンミンミン、ジージージー」

と鳴いてみた。

「どうしたの」

「こちらはセミです。ミーン、ミンミン」

「で、どうなるんだ」

「人間の体内には虫がすんでいます。虫と共に生きる。ムカシは回虫がすんでいたから、虫下しの薬を飲んで退治した」

と、ここまで話しまして、缶ビールのフタをプシューッとあけてグビグビと飲んだ。

「蟬の声だよ。芸の虫っていうだろ。歌舞伎のゲジゲジ芸を思いついた。

黒装束に身をつつんだ役者が八人登場して、両手に一本ずつ長い手を持ち、細長くつながって這いながら練る。人間ゲジゲジがぞーろぞろ。それを俵藤太が一本の矢で射ぬくんですよ」

「芸の虫だな」

「その通り！」

ムカシの中国には百足屋《ムカデ》という名の商店があった。百足と書くから百貨店だ。デパートの前身です。新百貨店で「百足屋という店を作ったらどうかね」。

ゲジゲジを油漬けにしたのを切り傷や火傷《やけど》の薬に使った。中央アフリカのゲジゲジは三〇センチあって、薬用に珍重された。マムシやゲジゲジってのは使い道がある。

「だからゲジゲジ眉ってのは福相です」

「それは私も感じていましたよ。修行をしたらかえってわからなくなります」

「じゃあ、どうすんの」

「悟っちゃあいけない。僧侶じゃなくて学問だから」

「ゲジゲジみたいに這い廻りますか」

「いや、見せ物ではない。悟らず、思いつめずに、ぼーっとしているときに、虫の息になる」

「あらま」

「脳が知識で虫食いになってるでしょ、そんなときに虫が知らせるの」

「ありがたいことです」

ぱちぱちぱちと拍手すると、虫も殺さぬほど静かな学者の声がつまって、泣きながら、

「ゲジゲジ魂……」

だって。

泣き虫だなあ。

死せる魂

プーチンの暴挙をとめるには失脚か病死を待つしかないが、独裁者がいなくなればロシア政府の権力闘争はますます混迷を深めて大量殺戮がつづく。

とは言え、ロシア文学を読んで育ち、学生時代は歌声喫茶へ行ってロシア民謡を合唱した（ああ恥ずかしい）こともあって、ロシアの人々には親愛の念を抱いているので、どうしたらいいか。

露文出の作家は誠実剛直な人が多い。学生のころは図書館へ通っていろいろ読んだ。プーシキンは、モスクワの名門貴族の家に生まれ、上流社会の歓楽に耽溺し、社交界の人気者となった妻ナターリヤと結婚して『青銅の騎士』『大尉の娘』など傑作小説を書いたが陰謀による決闘で死んだ。ロシア文学の礎を築いた国民的詩人だ。

プーシキンに学んだゴーゴリは『検察官』と『死せる魂』。ツルゲーネフは『父と子』と『ルージン』で第二の旗手。

ツルゲーネフはトルストイと決闘までしそうになったし、ドストエフスキーとは絶交した。みなさん熱い。二葉亭四迷はゴンチャロフに傾倒し、小説『浮雲』はゴンチャロフの文体を真似して書いた。ドストエフスキーの『罪と罰』は亀山郁夫訳が評判となって、これを読まなきゃ、罪と罰だぞ。

ドストエフスキーの手紙は借金と前借りの依頼が多い。お金を借りたい人はドストエフスキーに学ぶのがよろしい。卑屈になって相手に頼みこむとき、人間性が出るのです。精神的圧迫のなかでこそ一念が通じる。

自己のあらゆる面を孤独だと悟ったラスコーリニコフ(この名前をソラで言える人がけっこういる)がソーニャの前にひざまずき、その足に接吻して「きみに接吻したのではない、人類の苦悩に接吻したのだ」というシーン。この舞台となったラスコーリニコフの足どりや住んでいた家、ソーニャの家が文学散歩のコースになっている。

トルストイの家出コースも文学散歩コースにしていただきたい。ロシア革命の指導者レーニンはトルストイの『アンナ・カレーニナ』を表紙がぼろぼろになるまで読んでいた。プーチンはトルストイの小説『戦争と平和』を読んでないね。読んでいれば戦争しませんよ。『戦争と平和』の登場人物は五五九人で世界文学のなかで一番多い。

ゴーゴリはウクライナの小地主の子として生まれ、初期の作品はウクライナの民間伝承や民話をもとにした。ベラルーシ出身のシャガールはロシア系のユダヤ人。ゴーゴリのウクライナ民話はシャガールの画題となった。

『死せる魂』の主人公チーチコフは死んだ農奴の戸籍を買い集める詐欺師で、当時はロシアに農奴制度が残っていた。十年に一度、農奴戸籍調査が行われて、地主は人頭税を払わなければいけなかった。

チーチコフは死んだ農奴の戸籍登録書を作り、南方の荒野に無償同然の土地を手に入れた。その農奴つきの土地を担保として国庫から大金を借り出そうとした。

県知事、裁判長、警察署署長、国営工場監督官などのボスを晩餐会で接待する。つぎつぎと登場する泣きむし婦人や、のろまな女地主、抜けめのない連中は妖怪のごとし。のし歩く粗野で異常な人々を書かせたら、ゴーゴリが一番だ。十九世紀ロシア文学リアリズムは手ぬかりがない。

ゴーゴリと言えば『外套《がいとう》』が知られる。風采のあがらぬ万年九等官は、外套がつぎはぎだらけで補修できなくなった。倹約をしてようやく新調するが、夜、追いはぎに奪われてしまった。悲しみのあまり寝こんで、そのまま死んでしまう。まもなくペテルブルグ市内に、外套を捜す幽霊が出るようになった。ゴーゴリの実体験をもとにした小説で、ドストエフスキーに「われわれはみなゴーゴリの『外套』から出てきた」

と叫ばせた。

師プーシキンのおかげでウクライナ南方の民俗や歴史を調べて作家の道がひらけた。空想癖がやまずに歴史を学ぶため、ペテルブルグ大学助教授になった。二十六歳のとき戯曲『検察官』を書き、上演した。役人の腐敗を面白おかしくえぐり出した風刺喜劇だった。

お話はこうだ。地方都市を粗野で収賄が当たり前の市長と間抜けの役人が支配している。そこへ賭博で身をもちくずしたフレスタコーフという男がくると「しのびの検察官」と思いこまれて歓迎会が開かれ、賄賂を手に入れた。

フレスタコーフは市長の娘に結婚を申し込んで祝い金を手に入れて逃げた。と、そこへ本物の検察官が到着して、一同ダアとなり、化石みたいに固まって幕となる。

『検察官』が上演されると、ゴーゴリは役人たちに睨《にら》まれてロシアにいられなくなってイタリアに逃げ、『死せる魂』を書いた。

副題は『チーチコフの遍歴』。「魂」とは「農奴」のことである。「死んだ農奴」を商品とする男が、諸国遍路をして、醜悪な農場主たちの攻撃を受ける。

パリに滞在中、師プーシキンの横死の報に接して、師からヒントを与えられていた『死せる魂』を書き、書くほどに躁鬱症になった。かわいそうなゴーゴリ。

いままで悪霊のことばかり書いてきたゴーゴリは、この作品をダンテの『神曲』になぞらえた。この作品の第二部の原稿を書くため一八四八年、ロシアに戻ったが、病をおして苦しみ、ようやく完成に近づいた。一八五二年に狂信的な苦行僧に脅かされて、完成した稿を火中に投じた。生涯独身で頼れる相手はいない。悪意ある医者がやってきて荒療治をされて精根つきはてた。ロシア文学は激しく思考して極限まで自己を追いつめる。自己を見つめて妥協なく、リアリズムに徹した。そうこうするうち革命思想の師であったベリンスキーにも指弾されて、行き場を失った。

追いつめられたら荒野へ逃げろ。どこでもいいからスタコラサッサ。はてしない荒野へ流浪すればいい。しかし、逃げきれず、ゴーゴリは、文学の悪魔に呪われるように狂死しました。

せきをしても七億人

外出するとき、マスクをつけ忘れ、近くの十字路を渡ったところで気がついた。ポケットやカバンをさぐるが入っていない。駅の売店で黒いマスクを買った。黒いソフト帽をかぶりサングラスをかけ、黒いマスクをつけ、黒いトンビをはおると性犯罪者みたいで、横にいた御婦人が逃げた。性格異常の老人と思われた。バイキンジジイは、手でシッシッシッ。

昼の通勤電車はすいていて、高齢者が多い。みなさん色つきマスクをつけているのでみなさんが「怪しい老人手品団」という風情だ。

そのうち一人が咳をした。

クシュン！といがらっぽい音がしたが、乗客の多くは耳が遠いので気がつかない。

尾崎放哉《ほうさい》の句、

せきをしてもひとり

が頭に浮かんだ。

するとと女性客がマスクを手でおさえて、くしゃみをした。ハックションと弱々しい音がした。薄紙を丸めたような音で、周囲の客に申しわけなさそうな顔をした。近くにいた客は聞こえないふりをして「コロナウイルスとは思っていませんよ」という表情をした。

と、その奥で気管支喘息《ぜんそく》らしき老人が、発作的に強い咳をした。ゴホゴホゴホゴホ。

せきをしても三人
だな、とマスクを強くおさえた。

電車が止まるたびにドアの外に出て、空気を吸いなおす客がいた。一度ホームに降りて新鮮な空気を吸っているようだった。

私は日があたる窓ぎわの席に座ってうつらうつらと眠っているので、あっちでコンコンと咳の音がしようが、こっちでハクションとくしゃみをしようが気にしない。六回めの新型コロナワクチンの接種をすましている。

通勤電車のなかは、どこもかしこも「せきをしてもひとり」だが、生前の水上勉さんが
「せきをしてもふたり、のほうが淋しいやろ」

と言った。

うーん、ベンさんは女性にもてたから、「奥湯河原の高級温泉宿で、美人女優とふたりで食事して、せきをしたのだ」、とうらやましかった。

放哉は明治十八年、鳥取県に生まれた。十七歳で一高に合格し、二十歳で東京帝国大学法学部に入学した秀才である。一高時代の同級生に安倍能成《よししげ》がおり、一級上には荻原井泉水《おぎわらせいせんすい》がいた。

卒業すると東洋生命保険会社（のちの朝日生命）に入社し、三十七歳で朝鮮火災海上保険会社の支配人として赴任したが、突然社をやめて寺男となり、行乞流転《ぎょうこつるてん》の旅に出て、四十一歳で死んだ。

放哉こと尾崎秀雄が会社支配人の座を捨てたのは酒が原因である。

酒を飲みだすと人が変わり、あたりかまわずからんだ。学生のころからの大酒飲みで、三十歳をすぎると飲んで暴れて馬車のホロをこわしたり、忘年会の会費を道行く人にバラまいたりした。

「放哉」という俳号は「すべてを放ってカラダひとつでいるワイ（哉）」という意味である。三十八歳まで立身出世一途に生きてきた秀才が、ある日突然ひらきなおって流浪する激しさが、いったいどこに起因するのか。放哉は、クビになるためにわざと酒を飲んで荒れたふしがある。

順風満帆の道を歩んできた人が、ある日突然「自分がなにをしているのか」と迷い、メチャクチャに生きたいという衝動にかられる。

酒を飲むと、「すべてを破壊したい」という気持が強くなる。ひと昔前はそういう酒乱がいた。実直で静かな人が、酒を飲むと、まったく別人と化した。いまはそういう酒乱はいなくなった！

大正十二年社をやめた放哉は、その年の十一月に京都の一燈園にころがりこんだ。一燈園は無料奉仕の行をする宗教団体で、ここに入った者は托鉢《たくはつ》を主として修行していた。その日一日は懺悔奉仕の生活として、放哉はソバボウロという菓子を作る三条の河道屋で働かされた。しかし無一物になろうとしても俗世からはぬけきれない。

一燈園の園主西田天香《てんこう》が布教講演へ放哉を連れていった。

天香はまず、「自分は中学も出ていない身である」と切り出してから放哉を壇上に呼び、「この人は東京帝国大学出の法学士でありながら一燈園へ入られた」という話をした。

放哉は一燈園の宣伝のために使われることが嫌でたまらず、一カ月余で一燈園を飛び出した。

自分を修行させるためには、流浪して荒野をめざせばいい。しかし放哉はせっかちで、自分を野放しにする余裕がない。知恩院塔頭《たっちゅう》常称院の寺男になった。便所を洗い、板敷きを雑巾《ぞうきん》がけする寺男の生活が始まり、井泉水が主宰する句誌「層雲」へ熱心に句を送るようになった。

それは毎月百句以上にのぼり、それを気にして、

「小生の俳句、毎月多すぎて、お目を通されるのに御迷惑のこととは、十分に分っているのです。けれども、出来ただけはあなたに見ていただかなくては承知出来ないのです。いわば、小生のハラの中にあるドロをすっかり吐き出してしまいたいのです」

と手紙で心情を書きつづった。

放哉にとって、俳句は文芸というより、ぺっと吐き出すつばのようなものであった。一高時代から一高俳句会に入り、内藤鳴雪《めいせつ》、高浜虚子、河東碧梧桐《かわひがしへきごとう》に俳句を指導されていた。

それがここへきて一変した。

放哉には風雅や枯淡や花鳥風月は無用であり、自己を救済する捨てゼリフのカタルシスのみが生きる力となった。

投げやりな罵倒と悔悟が放哉の破綻《はたん》であるのだが、その破綻ゆえに、放哉が投げつ

ける言葉は、灰色の光彩を放って虚空へ飛散する。

そのころ井泉水は東福寺塔頭へ身を寄せていた。大正十二年の関東大震災の直後に妻と母を失った井泉水は出家しようと思いたち、放浪し、放哉と似た無常観のなかにいた。井泉水は放哉を訪ね、四条の牛肉屋へ連れ出し、ひさしぶりなので鍋と一緒にお銚子《ちょうし》を注文した。

放哉は最初は「飲まない」と断ったものの、井泉水にすすめられるまま盃《さかずき》を重ねた。井泉水は、翌日また会う約束をして放哉と別れたが、ぐでんぐでんに酔った放哉は、道で常称院住職の愛人と会い、その愛人に酒をごちそうになった。正体を失うまで飲んだ。住職の愛人に院まで送って貰った放哉は、帰るなり大声で「コラ、和尚、女からの土産だぞ」と怒鳴って寿司の折箱を差し出した。かくして、常称院を追い出された。

その後、転々と放浪して小豆島南郷庵で、肺結核を悪化させた咳がやたらと出て没した。放哉は「せきをしてもひとり」だが、令和五年の地球はコロナにより「せきをしても七億人」。

みかんの花が咲いている

大型連休に旅行なんぞするもんじゃない、と肝に銘じている。新幹線は満席で、行きつけの温泉旅館は外国人客が占領し、高速道路は渋滞する。

「旅をしてはいけない」のが大型連休で、住んでいる町の近くをあちこちと廻る。ところが、近所のレストランや宴会場は予約で埋まり、劇場はことごとく休館で、行きあたりばったりの散策ができない。うつうつとして心がふさがれ、脳がエンストした。ノーがノーと言っている。

自宅の周囲を散歩すると爺さん婆さん連がフーラフラと幽霊みたいに浮遊している。私もそのひとりですが、なんだか冥土の徘徊じゃないか、と頬をつねってみた。

世間の規程では、六十五歳以上が高齢者で、七十五歳から老人と呼ぶ。それ以上はみんな老人でひとまとめになるんだろうか。老人世代を区分して、八十歳以上は超齢者、九十歳以上を卓眠者、百歳以上を天齢者、百十歳以上を仙人、百二十歳以上をアカンボ返り、とでもしたらどうか。

青年よ大志を抱け、老人よ妄想を抱け。

瞑想宇宙を旅するのは「生と死」の虹色グラデーションを飛ぶ極上の時間です。

虚実皮膜一ミリのワンダーランド。

いいですねえ。

脳内には左脳判断力と右脳直感があり、右派と左派が入り乱れて、これぞ右往左往の景観。

羽抜鳥《はぬけどり》と化した超齢者や仙人が空を飛んでゆく。年をとるほど衰えた視力聴力嗅覚が研ぎすまされる。

死ぬ寸前に、人はそれまでの生涯の事件を、ドラマの総集編として見る、という。それは連続した映像（フィルム）ではなく、水晶玉のような球体だといいます。父が他界したとき、病院のベッドの上で両手で透明な球体を廻すようなしぐさをくりかえした。

死ぬときに「息を吐くのかな、吸うのかな」と考えていたので、じっと見ていた。日本では「息を引き取る」という。浄瑠璃《じょうるり》に「夕潮の引き取る息や波の泡」と出てくる。海の潮が引くように、波の泡が死者の魂に入っていくのです。

英語では「息を吐く」という言い方がある、とイギリスの友人が教えてくれた。吸った息を吐いて死ぬので、そのぶん一秒ほど日本人より長生きするという。いや、日本人は吐いた息を吸ってから死ぬので、一秒ほど長生きするのだよ。

いずれにせよ、死ぬ瞬間に球体の生涯図を俯瞰するので、「お父さんがんばって」だのと遺族が大声をあげてはいけません。他界する人が愉しむ最期の景色です。

近所をちょっと歩くだけで、人が住んでいない廃屋が五、六軒ある。老木が茂り、蔦がからまった廃屋はそれぞれの物語を秘めている。塀越しに奥をのぞくと紫色のひとかたまりの光があり、藤の花が咲いていた。

風に乗って藤の花の甘い香りが流れてくる。藤棚の下に背を丸めた老婦人が立っていた。「ありゃま、人が住んでいるのか」と目をこらすと人影は消えた。それは老母ヨシ子さんで、近くの介護老人保健施設に入っている。ヨシ子さんは一〇七歳だから、施設利用者の最長老である。

介護施設では、コロナ感染防止のため家族面会ができない。リモート方式で三階の専門棟にいるヨシ子さんと会話をする。若い看護師さんが親切に対応してくれる。

母の家と同じ敷地内にある築七十年の旧宅二階でこの文章を書いている。かつて家族五人と雑種名犬チロが暮らしていた家は、父の友人が設計した文化住宅で、住宅雑誌に掲載され、二階は三人兄弟の個室が廊下でつながっていた。父のノブちゃんと乱闘して、電球ごと電気スタンドで殴られた部屋である。

ヨシ子さんの寝室は一階の玄関奥にある応接間に、介護施設より借りた電動ベッドを入れた。父が大型ステレオのアンプを入れて、ビバルディのLPを聴きながらウイスキーを飲んでいた洋間がヨシ子さんの寝室と化した。電動ベッドを返却したので、ガラーンとした空部屋となった。

部屋の窓ごしにみかんの花が咲いている。

暗緑色の葉のあいだに白い花が開き、ガラス戸を開けると、むせるような花の匂いで胸が痛くなる。

みかんの木の奥には池があった。父の友人の造園家が設計した庭で、いまは廃園のパティオと化した。昭和時代中産階級の見果てぬ夢の陋屋です。

みかんの花の上を蜂が飛んでいく。やや、寝室の屋根の下に蜂の巣がある。除去しなけりゃいけない、と睨みつけた。

蜂が飛ぶさきの桜の花は散り、つつじの花も四月中旬の台風襲来で一斉に散り落ちた。ヨシ子さんがいなくなった花壇に、針金のような茎が伸びて、鉄線の花一輪が咲いている。キンポウゲ科の淡青紫色の花弁で、なんだか終末の気配。

もうすぐ庭一面に菫《すみれ》の花が咲く。近所の山口瞳邸からいただいた菫がふえた。その季節をうかがっていたように『山口瞳 男の作法——面白可笑しく』（青志社）が届いた。息子の正介さんが送ってくれた。

山口瞳先生が没して二十八年になるが、いまなお男たちのバイブルとして人気がある。全集未収録傑作集で、私がオビに「山口瞳はこわいぞ。文句あるか」とコピーを書いた。山口家は、戦前は麻布に住み、軽井沢に広大な敷地を持っていたが、戦後は没落して、『江分利満氏の優雅な生活』（直木賞）を書いた。そのつづきで東京のはずれにある国立《くにたち》に住んだ。

没落して国立に漂流した山口家と、焼け跡の長屋から国立に引っ越したわが家は、菫の花によってつながっている。

新刊の山口瞳本を開けると〈人生は短い、でも焦るほど短くもない〉という言葉が出てきた。〈あっというまに年月が過ぎ去ってしまう……〉。〈齢をとらなければ出来ないことがある〉。〈生きてる証し〉〈ついの住処の選び方〉まで当意即妙である。私の話まで出てきたのでビックリ仰天した。

という次第で、この本は山口正介氏による山口瞳リターンマッチになっております。

仮面の告白

コロナ禍でマスク着用が推奨されたとき、内心イイゾイイゾと思った。なんかワクワクしましたね。だって、日本中が仮面舞踏会みたいな気配で劇場化した。マスク（mask）は仮面で、覆面をつけた鞍馬天狗のおじさん、月光仮面、お祭りのひょっとこ踊り、仮面ライダー、節分の鬼だって赤いお面。谷保天満宮の祭りの夜は、アニメでおなじみスターのお面がずらりと並び、運動会の仮装行列みたい。

神楽のお面、薪能のお面、少年探偵団の変装、古代ギリシャ悲劇のマスク、剣道の面、防毒マスク、潜水冠のガラス面、怪盗ルパンの変装、西遊記・孫悟空の変身、パンストをかぶった窃盗犯の怪異、画用紙で作った猿の面、カフカの変身、などなど。

この世は仮面のドラマだらけだ。

三島由紀夫は昭和二十三年（一九四八・二十三歳）大蔵省銀行局国民貯蓄課に勤務

していたが、河出書房の坂本一亀（坂本龍一の父）から長編小説の依頼を受けた。大蔵省に辞表を出して執筆に専念し、昭和二十四年に小説『仮面の告白』が刊行された。三島が背水の陣で書いた小説として、作家としての確固たる地位を確立した。主人公の〈私〉は〈自分が生れたときの光景を見た〉と語る。それは〈下《おろ》したての爽《さわ》やかな木肌の盥《たらい》〉のふちに光がさして、木肌がまばゆく輝いているような光景で、この光景こそが〈私〉のこの世に生を享《う》けて最初に出会った〈現実〉であった。

少年から青年期へかけての微妙な感受性と精神の葛藤を描いた傑作。ひと目を気にしているわけではない。性的倒錯という内向の仮面をかぶり、自分の肉体を模索した。『仮面の告白』は小説の小説（二重の虚構）である。三島は「肉にまで喰い入った仮面、肉づきの仮面をする」と語っている。

三島ふうに言えば「肉づきのマスクだけが告白することができる」。三島の死の直後に発表された『豊饒の海』最終巻『天人五衰』に「決して死を急いだことのない八十歳の老人」の述懐として「衰えることが病であれば、衰えることの根本原因である肉体こそ病だった」と語らせる。

「生と死、精神と肉体、理性と狂気、絶望と快楽の観念を表裏一体とした」と澁澤龍彦氏は追悼した。三島由紀夫が、天上から一億総「マスクの行進」になった日本を見たら、なんと言うでしょうかね。

マスクの色は白が無難で、スーパーで売っている大箱を買ってきた。不織布マスクは一回だけで使い捨てするが、ゴミ入れ袋にマスクがどんどんたまっていくのは、ブキミな気配である。自宅にいるときは面倒でマスクをつけずにいる。

町を歩くと、女性がピンクの不織布マスクをしていた。お、いいねえ。ベージュのセーターを着ているおばさまがベージュのマスク。着ている服にアレンジしてマスクをつける。それぞれの色のマスクが似合いますが、黒マスクが難しい。黒服を着て黒マスクをつけると、葬式へ行く気配。

男で黒マスクをつけているのは要注意で、黒いサングラスとソフト帽をかぶっているのが危険人物だな。駅の売店には各色マスクが並んでいるが、黒マスクをつける人物はいかにも怪しい。

そう思い込むと潜在意識で、黒マスクをつけた男は詐欺、放火犯、カッパライといった犯罪者に見えてくる。老人は思い込みだけで生きている。

そういえば三島由紀夫は、ボディビルで鍛えて日焼けして黒いサングラスをかけていたが、身長一六〇センチぐらいで背が低い人だった。

三島が嫌っていた太宰治は身長一七二センチで三島よりずっと背が高い。二人が格闘すれば、太宰の蹴り一本勝ちだろう。作家と肉体は重要なポイントである。背が高い大柄な太宰は弱いふりをして、虚弱な三島は強そうにふるまった。作品と肉体は反比例する。

作家と身長は、五十年前に調べて私が編集していた月刊誌に一覧表にまとめました。三島が小男だったことを学生に話すと「え？　本当ですか」とびっくりする。

身体検査表で数人の作家の背の高さは判明している。あとは並列写真を十枚以上集めて調べます。大正、昭和の文士は横に並んで撮影する習慣があった。背の低い人は高下駄をはいたり、背のびして、レンガの上に乗ったりするが、背が高い人（高村光太郎や志賀直哉）は前かがみして背の低い人にあわせる（猫背）。

ＡＩを使えば明治・大正・昭和時代の作家の背が解明できるだろう。

電車に乗ると黒マスク男に会うが、短髪長身で体育会系が多い。小男で黒マスクをつけているのは眼力が強く、空手や格闘技が強そうで、やばい。黒マスクをつけている男子には近づかないようにした。

コロナやオミクロンの菌を彩色できればいいのにね。スプレーで色をつけてしまえば、電車の中でも駅構内でも、黒い霧となるから逃げられる。黒い霧状のオミクロンが蚊の大群みたいに飛んできたら火炎放射器で焼いちゃう。

自転車に乗って遠くのスーパーまで買い物に行くと、しまった、マスクをつけ忘れてきた。ひさしぶりの外出だから、うっかりしていた。

で、スーパーの隣のユニクロに入って「マスクありますか」と訊くと、「つきあたりの奥」と言われた。客も店員も逃げていく。ようやく三枚入りの袋を見つけ「その場でつけちゃおうか」と思ったが、まだお金を払ってないので、入口の自動販売台に入れて、現金で支払った。

マスクをかけてないから、みなさん逃げるのはしょうがない。こちらが悪かった。で、外へ出て袋をあけると、黒色だった。あわわわ。黒マスクをつけて家に帰って背広に着がえた。

そのあと午後六時から立川ステージガーデンで髙橋真梨子ラストコンサートがある。黒い上着と黒いコートだから黒いマスクをつけたら、すっかり極道気分になっちゃった。タクシー呼んで、ぶっとばして開演五分前に間にあった。客席二二〇〇人でびっしり満員だ。七十二歳の髙橋真梨子さんは高らかに「桃色吐息」を歌っておられました。

石原慎太郎という劇場

石原慎太郎が『太陽の季節』で芥川賞を受賞したのは昭和三十一（一九五六）年で学生作家だった。私は一橋大学の近くにある桐朋中学校二年生で「国立《くにたち》みたいな田舎の学生でも芥川賞作家になれるのだ」と感激した。

『太陽の季節』は既成道徳に反抗する若者の話で、ボクシング選手の学生竜哉《たつや》とその恋人英子《えいこ》を描いた青春小説だった。低迷する時代へのいらだちと不良青年の心の底にひそむ孤独。日活映画となり、たてつづけに『処刑の部屋』（大映）、『狂った果実』（日活）が上映されて太陽族ブームとなった。しかしこれらの映画はPTAや教育委員会から激しく指弾され、未成年者観覧禁止とする自治体もあらわれた。

恥ずかしながら私も髪を短く刈りあげる「慎太郎刈り」にした。慎太郎は戦後世代作家の旗手で、カッコイイ。一流大学に入ってグレてみたい、と思った。

理想を失った時代を生きるアンちゃんの「孤立と反抗」がテーマで、不良少年の兄貴ぶんでありました。アンポンタンはグレる権利がなく「秀才の反抗」がカッコイイ。

慎太郎は昭和七年九月三十日、神戸生まれで、五木寛之氏と生年月日が同じだ。父親は汽船関係の実業家で、海と船への関心が養われた。昭和十八年逗子《ずし》に転居して、湘南高校に進んだ。一級下に江藤淳がいた。『太陽の季節』は、昭和三十年に文學界新人賞に応募して入選し、その翌年に芥川賞を受賞した。

そのころの文学青年は同人雑誌による内向的修業を通じてデビューした。慎太郎はスポーツ青年だったから、そういった面倒なことをせず、いきなり新人賞への応募というコースをとった。

体育会系で秀才。法学部で学びつつ文学、芸術に興味を持ち、伊藤整らの後援で「一橋《いっきょう》文藝」を復刊した。自ら映画に出演して「慎太郎刈り」を流行させ、奔放で無軌道な太陽族が出現して「グレたっていいんだな」と御墨付《おすみつき》をいただいた。

そんな不良の兄貴ぶんがいつのまにか保守倫理をふりかざす政治家となり、不良青年を取り締まる親玉になっちゃった。あれれ、どうしよう、と、とまどった。

昭和三十三年に評論集『価値紊乱《びんらん》者の光栄』を書き、不良青年を矯正しようとした。思索する太陽族は、青嵐会に属するタカ派となった。『死の博物誌』（昭和三十八年刊）

では死へ立ち向かう人間の覚悟が示された。「海」は自己を預ける母胎であり、太陽族青年がひらきなおってヘミングウェイに変身していく姿がスリリングでした。自己を超えたものへの転身はロマンティックでいいけれど、つきつめると、ナショナリズムと絡みあい、政治へと向かう。

昭和四十三年(三十五歳)、参議院選に自民党から立候補し、三〇一万票の最多得票で当選した。元祖タレント議員。慎太郎とともに青島幸男、横山ノック、今東光、大松博文らが高得票で当選した。

そのあとも立川談志、宮田輝《てる》、山口淑子《よしこ》とタレント議員全盛期となった。選挙は人気投票だから、タレントが議員になったっていっこうに構わない。同期のタレント議員が賞味期限ぎれで姿を消したのに石原慎太郎は生き残った。

世間には慎太郎嫌いがいっぱいいて、やれファッショだの暴走老人だの老害だのと批判されつつも当選した。

それはなぜか。

慎太郎が文学者だからです。作家の宿痾《しゅくあ》で妄想する。ひとりで考える。剣道をやってみる。アジャパー。ひらきなおって、おおっぴらに笑ってみせる。男ぶりを見せる。手の裏を見せ、それが小説となる。ノベルは「述べる」だ。嘘八百、本当八百。文学の領域はとことんつきつめた虚構で、現実とは違う。文学の森へ入れば入るほど人格破綻者が登場し、俗な言い方をすると「性格が悪くなる」のです。

『太陽の季節』から『闇の季節』へ。

慎太郎には二歳下の弟裕次郎がいた。慶應ボーイだった裕次郎が日活撮影所に遊びにきて、水の江瀧子プロデューサーが『太陽の季節』に出演させた。スーッと伸びた長い脚、片手をポケットに突っ込み、反抗的に肩をそびやかした歩き方。育ちがいい陽気さがあった。

『俺は待ってるぜ』『嵐を呼ぶ男』でアクション映画スターとなり、声がいいから主題歌もヒットした。映画館へ行くとドアが閉まらないほど超満員だった。

裕次郎は石原プロモーションを設立して『黒部の太陽』をヒットさせた。

裕次郎のモットーは「ボスは有頂天《うちようてん》にならないこと」だった。裕次郎は慎太郎と同じく下積みの時代がない。大スターだが、付け人を嫌った。人気俳優である自分に執着せず、「失うことを怖れない」。人に気をつかう人だった。

若いとき父を失った石原兄弟は強い意志で結ばれたが、慎太郎のなかでは反抗者（文学）と権力者（政治）が格闘をしていた。文学に専念すれば、悪徳や狂気を鼓舞する慎太郎がムクムクと動き出し、都条例違反の性犯罪をおこす。都知事の慎太郎が文学者の慎太郎を逮捕する。

だから慎太郎は暴論を吐いた。他の政治家が発言すれば失脚しそうな暴論に激しく反発する人がいるぶん「よくぞ言ってくれた」と溜飲を下げる人がいた。慎太郎だから許される暴言に対して、野党政治家から抗議のジャブがとぶ。ボディ、フック、アッパーカットのパンチが飛んでくるが、そこは太陽族出身だからダッキングしてかわし、チャーミングな笑顔を見せる。

これがくせ者で、シャイな笑顔は「あ、余計なことを言っちゃったか」と反省している。ここに裕次郎のイメージが重なった。一心同体の兄弟ですからね。裕次郎が「有頂天になるなよ、アニキ」と声をかける。目がくらむほどの映画スターだった裕ちゃんが裕次郎節で歌っている。

政治家を引退した慎太郎の頭にあったのは、四十五歳で自決した三島由紀夫と、ノーベル文学賞作家大江健三郎でしょう。このふたりは日本文学史に残るが、慎太郎は残るかどうか。

樋口毅宏氏は「慎太郎は自分の人生を舞台に喩えているので、クライマックスは盛りあげたいはず。それには暗殺されるのが一番いい」と発言していた。そうは言っても、慎太郎を暗殺するほどサービス精神がある人はいなかった。享年八十九。

愉快な画塾の話

小学校五年のとき、近所に住んでいる画家が絵を教えてくれた。原っぱのなかに画塾をひらいている有名な画家。髪の毛がモジャモジャした愉快な人だった。

その画家が「お化けの絵本」を執筆中で、子どもたちの反応を試そうとして話してくれた。

「お化けを見たことある子はいるかね」

と訊かれて、一同もじもじした。本物の幽霊を見たことはないが、小学校二年のとき、腸閉塞になって病院で手術したことがある。運よく一命をとりとめたが、「危篤」という一報は親戚じゅうに通知されて葬式の準備をした、という。

画塾の先生が「生きている世界と死後の世界をさまよって見てきたんだ」と話しだした。

その先生は子どものころに、荷馬車にはねられて（岩手の話ですが）、三日間ほど仮死状態にあった。馬に蹴られてそのまま意識を失ってしまった。

気絶してしばらくたって見廻すと、一面のレンゲ畑で、そのさきに一本道があった。どんどん歩いていくと、花のアーチのような門があって、その向こうをふっと見ると、小さな男の子がオイデオイデと手で呼んでいる。

それは昔死んだ自分の兄だという。兄は自分が生まれる前に死んでいるため、会ったことはないし、顔も知らなかった。

だけどなぜか死んだ兄だということはわかって、こっちへおいでと言われて、その一本道をゆっくり歩いていくと、門のところで急に立ちどまった。

そして、

「もう、ここから奥には来るな」

と言ったんだって。

すばらしいところだから行きたいなあ、と思っても、兄さんが、

「もうここまででよい。ここから引き返せ」

と命じて、自分を門のところから押しかえそうとした。

そのとき、遠くから、波のような音が聞こえはじめて、だんだん大きくなってきて、それが坊さんのお経だと気がついたときに、ふっと意識がもどった。

気がつくと、自分の葬式の最中で、お棺のなかに横たわっていた。

あとで親に聞いた話では、およそ三日後だったそうです。

で、どういう状況だったかというと、先生は村のわりとお金持ちの家の子だったので、馬にはねられたときすぐ医者を呼んで八方手をつくして介抱したが、びくとも動かない。これはもう完全に手遅れだということで最初の夜は母親の蒲団の横に寝かされて、一夜を過ごした。

当時、東北には、遺体をしばらく家に置く風習があって、土葬にする。すぐ埋葬せず、数日間は安置された。躰じゅう毛布で被《おお》って、唇には水を含ませた。火葬ではなく、家の裏手にある先祖代々の墓所に埋葬する。遺体をすぐ焼いてしまう地だったら助からなかったでしょう、と言った。

先生が、兄さんに「帰れ」と言われたときは、意識が朦朧として、よくわからなかったけれど、だんだん意識がもどると、自分の葬式をやっていることに気がついた。お棺のなかで、白衣を着せられて、花につつまれて身動きできない。

そのとき、母親が泣きながら、柩のなかの自分の顔を覗《のぞ》きこんだ。

ぼーっとする意識のなかで、甘い母乳のような香りにつつまれた。

「お母さん」

と声に出したいが唇が開かない。柩の花のなかから手を抜こうとするが、硬直して動かない。まわりはぎっしりと花が詰められている。

生きていることを知らせるのは、大変なことなんですね。万事休す。もはやこれまで、とあきらめたとき、母親の涙が、ぽとりと頰に落ちた。すると頰がわずかに緩《ゆる》んだ。母の涙は熱湯のしずくのように熱かった。つづいて熱湯の涙がぽたぽたぽたと頰にかかった。

熱さが顔の皮を通じてじんじんと刺激した。

全身の気力をしぼって目蓋に集中させた。目蓋を半眼にまで開けたい。

開けゴマ！は『アラビアン・ナイト』で岩の戸を開けるときの呪《まじな》いだが、ゆっくりと念じると、わずかに緩んだ。そのまま念力をこめると、目が開いて、目玉をグルグルと回したんだって。

それで、やっとのこと、母親が気がついて、生き返った。これだけの話だけど、ちょっとおもしろこわい。読経の声が耳に入ってきてそれで目がさめ、死なずにすんだ。

人間は生まれたときに魔がさします。魔がさしたので誕生したのです。それをキリスト教では「原罪」と説明します。

悪魔にそそのかされたアダムとイブが情を交わして楽園を追われたことになってま

すが、べつにタロウとハナコだっていいわけで、本人が気がつかないうちに、この世に生まれてきた。

母親は赤ん坊が初めて会う他者です。赤ん坊は手がつけられない魔物で、やたらと自分本位に育つ。放っておくと凶暴な野獣となるので、親は三歳ぐらいまでは大切に育てます。

人間に限らず、犬や猫や猿などの赤ん坊がかわいいのは、親（他者）が、「まあ、なんてかわいいこと」

といとおしむようにしむけているのです。赤ん坊の防衛本能が、自分を「かわいい」存在にしている。そのあと殺人鬼になってしまう赤ん坊でも、生まれたときはかわいい。

学習するうち、人間は他の動物と違う特権的な霊長となり、言葉を覚え、計算し、遊び、判断する生き物になりました。こうして、本能を壊された動物と化し、知識という人間特有の本能を嗅ぎつけます。そして魔がさす。

魔とはサンスクリット語の「マーラ」（魔羅）で、邪悪なる神です。煩悩です。俗界の上の高い山にあるらしい。

画塾の先生と美しい奥様が住んでいたアトリエの跡は、いまは小さい工作小屋となり、地域の子どもたちが集まってきます。

細い路地を通って工作小屋に入ると七十年前の思い出が戻ってきて、大きく息を吸って空を見上げた。

第四章

「終刊」を越えて生きるのだ

サーカス的生活

立川立飛《たちひ》の特設会場へ木下大サーカスを見に行った。ＪＲ立川駅からモノレールに乗り換えて一駅で降りると、立川飛行場跡地に巨大な赤テントが建っていた。高さ二〇メートル。

高校生のころとは、まるで違った町になったのが立川駅北口である。目をこすって、空から舞い降りたＵＦＯみたいなテントを見あげた。

木下大サーカスは、百名余の団員が自らテントを造るんだって。四日間かけて赤テントを張った。まず六本の鉄柱を建て、一トンの扇形テントを六枚、モーターで引きあげる。ステージや客席も団員が造る。

興行が終わると団員が解体して、もとの更地にもどす。

テントやコンテナは三日間かけて百台のトラックで移動する。パフォーマー（出演する団員）は五十人で、そのうち外国籍の人は二十人ほど。アメリカ、イギリス、ポーランド、ロシア、ブルガリア、ポルトガル、イタリア、アルゼンチン、メキシコ、中国、タイの十一カ国の出身者がいる。

英語が主だが、母国語しか話せない人のため、数名の通訳がいる。舞台の音響や照明といった裏方もいれば、営業宣伝するスタッフもいる。入団条件は十八〜二十五歳という年齢制限だけ。

サーカス団には、ボリショイサーカスのように専用劇場を持つものと、巡回公演だけのタイプがあるが、木下大サーカスは、国内と世界各国を巡回している。

指定席券は、佐藤シューちゃんが手配してくれた。高校同窓の写真家西田君も一緒だった。八十歳すぎても同級生ジジーがやってくる。

古代サーカスはローマ時代にさかのぼり、円形の競技場をさす言葉だった。そこで馬車競走と体育競技をした。映画『ベン・ハー』にそのシーンが出てくる。四方の座席から観客が見おろす。

プログラムは動物曲芸と魔術と軽業。中世になるとクラウン（道化師）、リング（馬場）、バンド（楽隊）、それら四方を囲む客席。円形劇場でアスリートが馬芝居を上演して丸くおさまる。キーワードは「丸」ですね。大相撲の力士や船に「丸」がついているのはその名残でしょう。

日本では明治になると猿芝居が評判で、猿が「八百屋お七」を演じた。大正時代は猿犬サーカス（「月形半平太」を犬と猿が演じた）をした。どこかの劇団で、猿犬サーカスを再現してくれないか。

猿だけが出演する「八百屋お七」も人気があった。歌舞伎では役者にまじって本物の馬が出ることがあったが、動物芸はサーカスの独壇場だ。自転車の曲芸、女子のアクロバット、手品、空中サーカスまで、いろいろと揃っていた。

木下大サーカスは二頭の白色ライオンと、茶のライオン、象や馬がいる。明治時代には木下のほか「有田」「シバタ」というサーカス団があり、全国を巡回した。客集めのため「お代は見てのお帰りよ」と誘った。入場券は木札だった。「花ちゃんよ」と客に声をかけて、幕をちょっとだけ見せておろした。

木下大サーカスのテントに入ると、中央の丸いリング（ステージ）の横に鋼鉄網の球形バイクホールがあり、天井には空中ブランコの装置。それだけでゾクッとする。オープニング・ショウが始まった。あでやかなダンサーが舞い踊り、龍宮城のオトヒメ様が勢揃い。

檻に入った虎と白衣ダンサーが一瞬で入れ替わって、ビックリ仰天。

天井から吊るされたロープに足をかけて降りてくるダンサーが手をふった。金髪ダンサーが額ぶちから飛び出すイリュージョン。空中アクロバットと綱渡りを、口をあけて見ております。

七色のライトが点滅、交錯すると、目玉がぐらっとゆがんで、サーカスの恍惚にぼけちゃった。はるか昔、小学生のころを思い出す。

サーカス芸は、春休みに浜松のテントで見た覚えがあり、自転車さか立ち、足で子役をボールのように蹴って廻した。空中に吊るした一本竹の上に立って一回転したが、なにかの仕掛けがあるらしい。百貫目（三七五キロ）の岩を持ちあげる怪力男もいた。

劇映画にサーカスの空中ブランコが出てきて、旅する曲芸師の物語にしんみりした。映画に登場するサーカスは、淋しい田舎町を流浪する男女の物語が多かった。旅芸人の悲哀と栄光と冒険。サーカスの芸は、オリンピック競技の体操の吊り輪、床運動、跳躍、回転などに取り入れられた。

重量挙げ、アイススケート、などに特化していった。細分化された技術がスポーツに昇格すると、サーカスは芸の行き場に困る。という次第で、綱渡り、動物芸、空中サーカスが重視される。愉快な道化師はオリンピック競技種目にはないもんね。

大きな鉄球のなかをオートバイがエンジン音をたてて走り廻る。凄いもんだね。三台乗りバイクショー。ショーで使うバイクは85ccのスズキ特注品なんだって。

仰天したのは地上一五メートル、決死の空中大車輪（ウィール・オブ・デス）。みんな命がけのプログラムだ。

団長の木下唯志《ただし》氏（四代目）は、若いころ、空中ブランコに挑戦してめきめきと腕をあげたが、三年めに落下して首を痛めた。入院して養生してから山にこもり、人生の無常を知った。サーカスは命がけで、死のふちをさまよった。

動物愛護は木下大サーカスの重要なテーマで、タイ北部に象の病院を設立した。「サーカス的生活」とは「安定しない危険な生活」を比喩し、私の半生をふり返れば「綱渡りの日々」であったなあ。竹渡りという芸は吊るされた竿竹の上を渡りながら、扇子を開いたりする。

その日暮らしで世をしのいできた私みたいなもんだな、と自戒した。サーカスは、笑いや、道化師のズッコケで、物語があるのです。

NHK名作大河ドラマを、犬、猫、猿、馬、ウサギ、土竜《もぐら》、カラスたちに演じさせれば、さぞかし愉快だろう。「蚤《のみ》のサーカス」という芸があるから、CGを駆使して作ったらどうかね、と同行したシューちゃんと話しあった。

タモリの花道

二〇二三年三月末に『タモリ倶楽部』（テレ朝系）が四十年半の歴史に幕を下ろした。深夜のお色気テレビで女子ダンサーたちがいっせいにお尻を振って踊るオープニングで、バチッと目がさめた。

タモリの出現で日本のテレビのお笑いの世界が大きく変わった。芸の習練によってつくられる笑いへのアンチテーゼとして登場したからである。

名人芸ではない。稽古して鍛えた芸ではない。その場の思いつきで応対する。アメリカのスタンダップコメディの系統である。

タモリがデビューする前、ジャズの山下洋輔トリオに見出された話がよく知られていた。

九州のホテルで山下トリオの演奏会が終わってワイワイさわいで、テナーサックスの中村誠一がホテルの部屋にあったクズカゴを頭にかぶって虚無僧のまねをしてフルートを吹いていた。そこへ、まだ無名の森田一義（タモリ）が入ってきて一緒に大バカ大会となった。しばらくして上京してきたタモリは、新宿の「ジャックと豆の木」という店で連日のように芸を披露した。

そのころの私は、勤めていた会社をやめて、東急池上線の長原駅前にあった木造マーケット（松屋ストア）の二階で青人社という出版社をはじめた。

八十畳ほどの倉庫だった。希望退職に応じた七名の仲間が集った。

新宿ゴールデン街の「たこ八」という店から「ジャックと豆の木」にいたタモリを呼んだ。トレンチコート姿のタモリは一人でやってきて、店のガラス戸を開け、アメリカ人が喋る日本語、イタリア人が喋る日本語、中国人が喋る日本語を使いわけた。

そのころは藤村有弘《ありひろ》がいろんな外国語を真似る芸に人気があったけれども、タモリはその逆をやった。タモリの得意芸は外国語（中国人、イギリス人、スペイン人、韓国人など）の麻雀で、メチャクチャな外国語がとびかう。あるいは国王が中国に抑留されて密林のターザンとなり、北京放送を占拠して故国へメッセージを送る芸。

すさまじい芸はえんえん三時間つづいた。度胆を抜かれて「とんでもないのが現れた」と思った。

そのころの芸で新鮮だったのは、チェーンソー（電動のこぎり）でいろんなものを切っていく。まずは檜の木（幹のなかに釘が入っている）。ジャリジャリキーンキンガギガギ（釘）ジャリジャリ、スポン。

下着が入っている電気洗濯機。パンツを洗っている洗濯機を斜めに斬る。パトカーをタテに切る。ブルブルガギギューン（エンジン）、パパパパパパパ（フロントガラス）、スパスパポポーン（運転手）とタテにまっぷたつ。なんでも斬ってしまうところがタモリならではの発想であった。

上京したタモリは、最初は中村誠一宅に泊まったが、赤塚不二夫氏のフジオプロのビルへ移った。

さらにビートたけしが登場した。たけしはフジテレビ系『オレたちひょうきん族』で人気タレントのトップに立った。新宿の飲み屋で放送禁止ギャグを連発していたタモリもNTV系『今夜は最高！』でたけしに負けぬ人気を得た。

この両者に共通するのは「嫌われ者」であった。客に迎合せず、挑発して毒づくタイプ。ふたりとも良識ある人には嫌われたが、そのぶん、時代の気分に乗った。私が創刊する月刊「ドリブ」はその線をねらって玉砕する「嫌われ者」雑誌であった。

たけしは一九四七年生まれだからタモリより二歳若い。ペンキ屋の四男坊に生まれ、明治大学工学部に入学。ビル掃除、パン屋の売り子、タクシーの運転手などのアルバイトを転々とする。

大学を中退して浅草のストリップ劇場のエレベーター係とコメディアンになる。同劇場にいたきよしとコンビ「ツービート」をくんで、「赤信号、みんなで渡ればこわくない」など毒気が強いギャグを連発した。専属の「足立区バンド」を持ち、たけし軍団を結成した。

映画界まで進出し、「戦場のメリークリスマス」で好演した。自伝の著書『たけしくん、ハイ！』はNHK銀河テレビ小説でドラマ化された。

タモリとは、ここが違う。タモリはつねにひとりだった。そこへ登場してきたのは埼玉県所沢生まれの所ジョージでシンガー・ソングライターとしてデビューした。黒いサングラスをかけたリーゼント・スタイル。フジ系『笑っていいとも！』で「す・ご・い・で・す・ネッ」という流行語を生み出した。タモリ、たけし、所の頭文字をとって「TTT」と呼ばれた。

バラエティ番組では作り物の芸人は「苦労してきたくさみ」が見えてしまう。作りあげた加工品ではなしに、なまのキャラが求められる時代になった。

夕方、麹町にあるNTVへ行き、タモリの『今夜は最高！』のゲストとして出演したことがある。番組専属ミュージシャン中村誠一が侍姿でサックスを演奏している。

誠一のうしろに番組を構成する高平哲郎がいた。タモリをテレビに売り込んだ張本人だった。高平さんは発売されたばかりの月刊「プレイボーイ」を手にしていた。「大金持ち中村誠一の生活」という特集記事があった。

ポケットに百万円の札束を無造作におしこんで時価二千万円のダイヤモンドの指輪をはめた中村誠一が立っていた。壁から「金で解決できないことはなにもない」と書かれたたれ幕がぶらさがっていた。

ホラ吹き誠一名人は自分のことを「金粉入りミルクで育った」という告白手記を書いていた。

「昭和二十二年にこの世に生をうけました。私は捨て子だったのです。十二月の寒い夜、私は亡き中村金衛門に拾われたのです」

嘘ばかりの自伝だった。

「金粉入りのミルクで育ち、神戸牛のミンチを離乳食として与えられ、すくすくと成長したのです」

この構成も高平哲郎だった。高平もTだから、4Tとなる。高平は雑誌「宝島」編集長だったから私と同業者だ。番組終了後、廊下を歩いていくと可愛い娘とすれちがった。高平氏に「あの娘はそのうち売れますよ」と言ったら「松田聖子だよ」とあきれ顔で言われた。

一九八二年五月「ドリブ」創刊号が出るとたちまち売り切れとなった。テレビCMを流し、朝日新聞へは全面広告を入れたのだから、売れないほうがおかしい。たいていの雑誌は創刊号だけは興味本位で売れるのだ。問題は2号、3号以降である。3号で廃刊になる雑誌は通称「3号雑誌」と呼ばれた。

「ドリブ」3号は特集「目立つ社員 目立たない社員」であった。サラリーマン社会は嫉妬と陰謀がうずまき、ひとたび目立てばつぶされる。じゃあ目立たなきゃ出世すんのかよ。オラオラ、どうすんだ、とひらきなおった。

筒井ガンコ堂がマーカーでホワイト・ボードに「82年金満手帖の選び方」、「ポルノ男優淫乱実話」、「最強の性技」(カーマ・スートラの裏技)、「ツッパリ暴走族反省座談会」、「アジビラ競作」、「踏まれても生きた人たち」と書いた。

さらに「村松友視と不良系ニューウェーブ文士の港町ブルース」で世間を挑発する。毎号雑誌宣伝のコピーを糸井重里に書いて貰い、第3号のコピーは「なにかと評判の悪い雑誌です」。

そうこうするうち、天地真理みたいな美しい女性がきて「CXのモト子です」と言った。「シーエックスってなんですか」と訊くと、「JOCXでフジテレビ」と答えてゲハゲハと笑った。

「わたし、『笑っていいとも!』の日曜増刊号ディレクターです」

『笑っていいとも!』はこの年の秋から始まったタモリの番組だった。月曜から金曜までの生放送で、その総集編を日曜日に二時間流すという。「そのMCをやっていただきたい。つまり編集長役ですね。で、番組の横澤彪プロデューサーに会っていただきたいのです」

横澤さんは『オレたちひょうきん族』の懺悔コーナーで神父役を演じひょうきんプロデューサーとして活躍する。「外でクルマが待ってますから、すぐCXまできてください」

手廻しがよい。『笑っていいとも!』はダントツの視聴率をとっている。

これはチャンスだ、と思ってフジテレビの会議室へ入ると、横澤プロデューサーがにこやかに出迎えてくれた。

週一回二本撮りで、総集編(増刊号)では、売れ筋の作家、音楽家、映画監督、イラストレーター、漫画家、といった文化人相手に話をする、という内容だった。

雑誌「ドリブ」の宣伝になるな、と直感した。とりあえず「ドリブ」に執筆している人気者に出ていただく、ということで、すぐにきまった。

第一回は赤塚不二夫、二回目は遠藤周作、三回目は村松友視、四回目は山本晋也、五回目は安西水丸、六回目は夢枕獏、七回目は北方謙三、八回目は山下洋輔、九回目はガッツ石松、とおおよその順番をきめた。三時間あれば二回ぶんの収録ができるから本業の編集作業にはさして影響しない。

番組の終わりに「ドリブ」を置いて「編C後記」を書いた。

そのころ「ガロ」編集長南伸坊は顔面模写・声色の芸を身につけ、長嶋茂雄、三船敏郎、アントニオ猪木の形態模写を習得した。箱根彫刻の森美術館にある彫刻をすべて真似した。気配を物真似する芸であるから、鑑賞するほうも一定の感性が要求された。これはタモリ系の形態模写であった。エスカレートし、圧力鍋、百円ライター、洗濯機、アイロン、防虫スプレー、自動ガス点火器といった日常雑貨品まで模写した。私が得意としたのは「イグアナの高校野球宣言」「丹羽文雄vs水上勉の深夜秘密電話」などであった。

編集者業界は異種格闘芸合戦の時代に突入しつつあった。タモリのバックには赤塚不二夫がついていた。赤塚さんが増刊号に出演したとき、「マスカット、切りもち、ようかん」の三要素を説いた。マスカット、切りもち、ようかんを早口でしゃべると、

「マスかくと気持ちよか」と聞こえる。ただそれだけのギャグ。『笑っていいとも！』は空前の視聴率をとり、五年間も出演してしまった。気がつくとすっかり「テレビの人」となり、いまでも、はじめて会う人に「増刊号見てましたよ」といわれる。

雑誌が売れると広告ページが増え、ありがたいが、そのぶん雑誌が丸くなっていった。二代目編集長は筒井ガンコ堂、三代目編集長はワタナベ直樹となった。

マガジンハウスの木滑《きなめり》編集長（のち社長）に「ブルータス」の椎名誠スーパーエッセイのあとを書け、と言われた。さらに「平凡パンチ」に自伝小説『口笛の歌が聴こえる』を連載した。

すっかり「テレビの人」になってしまったが、ここらでもとの仕事に引き返さなくてはいけない、と思った。ふと気がつくと二カ月、自宅に帰っていなかった。血走った眼をくぼませてフジテレビへ行くと、横澤プロデューサーが「凶悪犯みたいな顔ですな」と渋面をつくった。

「テレビに出る顔じゃありませんよ」

そうであったか。

ヒゲづらのドクトル庭瀬が編集部へやってきて、

「おまえ、このままだと死んじまうぞ」

と言った。

『タモリ倶楽部』（テレ朝系）には一回だけ出演した。エダマメ畑の裏で、「エダマメ」をゆでて食べるだけ。エダマメの豆でなく、皮の内側にある薄皮をはずして、前歯で皮をしごいて食べた。とれたてのエダマメの皮をゆがいて食べる。

タモリに会ったことが私の人生の転換となった。『ブラタモリ』（NHK）を見ていると、「じつはこういう番組をやりたかったんだなあ」と思った。

だけど顔の皺を見ると年をとりましたね。後ろ姿にも老人の哀愁があってしみじみするが、七十八歳ですからね。もうここらでいいんじゃないの。

そういやタモリ御殿が新築されたとき、みんなを呼んでくれたパーティー楽しかったなあ。地下室でマイルス・デイビスのトランペットのLPを聴いたことを覚えている。

『ブラタモリ』も再放送が多くなった。悪ふざけしなくなった。哀愁のブラタモリに朝焼けがにじんでいく。

ビンボーというウイルス

ウイルスに関してあれこれと思案したのは、会社を中途退職したときだ。失業仲間が集まって、ブリキの鍋でゴボウ汁を作った。ゴボウを細切りして味噌汁の具にしたが、貧乏とはゴボウのような棒なのではないか、と思った。ビン棒という棒が一本、軀のなかに入っているのだ。

筒井ガンコ堂というへそ曲がりが「ビンボーとはガンのようなものだから手術して取らなければならぬ」と講釈した。

マテマテ、とドクトル庭瀬が一同を制した。手術をせずに薬で散らすのがよろしい。ドクトルは貧乏文士や画家や劇作家を診察する赤ヒゲ医師で、寺山修司を看取った。唐十郎の主治医でもあり、新宿ゴールデン街の飲み屋へ往診にきていた。

そこに居あわせた赤瀬川原平さんが「ビンボーはウイルスのようなものですかね」と訊いた。原平さんによると、ビンボーというウイルスが人に伝染する。その証拠にビンボー人の周辺はビンボー人が集まり、ここにいる連中がみな患者だ。

なるほどなあ、と一同は顔を見あわせた。ビンボーウイルスは法定伝染病に相当し、予防注射して駆除しなければいけない。しかし、ビンボーウイルスの実体がはっきりしない。

すると渡辺和博（ナベゾ）が「タテカンを立てればいい」と提案した。「このへんに貧乏が出るので注意しましょう」という看板だ。街灯がついていない暗い路地に「このへんに痴漢が出るので注意しましょう」という看板があり、その痴漢の部分を貧乏と書きなおす。ナベゾが「ビンボーは共産主義で治るんでしょうか」と訊くと、原平さんは「昔は治るといわれてきたがぜんぜん治らず、むしろビンボーウイルスの繁殖を促してしまった」と説明した。

ガンコ堂が「ベルリンの壁は西側がビンボーウイルスから身を護るための防毒マスクのようなものであった」と補足した。

宗教学者のナオキ教授が「漢方療法を応用して、ビンボーに対する免疫力を高めてウイルスを撃退できないか」と発言すると、ドクトル庭瀬が「認識が甘い」と一喝した。

ドクトルは名古屋大学全学連委員長として名を馳せた活動家で『ガン病棟のカル

テ』（新潮文庫）というベストセラーを書いた。ビンボー人治療もその一環である。

ビンボーにはみんな頭を悩ませていて、共産療法で治るといわれてきたが、田中角栄首相に「共産主義の世の中になったら、電車がタダになりますか」という選挙演説をかまされた。この角栄節はコワイロのフレーズとして私も使った。

原平さんは「人類は貧乏の海から生まれたので、人体全域にビンボーウイルスが染みている。油断するとすぐうつるから、それぞれの人が免疫力を高めておきなさい」と七人の弟子へ語った。「七人の弟子」とは松田哲夫、南伸坊から渡辺和博までいるが「親の七光」ならぬ「弟子の七光」と賞賛された。ビンボーを治す動きは、革命運動のほかにも、宗教方面から、善意の人々、優しいボランティア、といろんな人々が努力した。しかしビンボーウイルスは強烈で限度というものがない。

人は「ビンボーの上に人を作らず、ビンボーの下に人を作る」、結局は自己防衛しかないので戦争をおこすことになる。

思い悩んで「金儲けの神様」の異名で知られる作家邱永漢《きゆうえいかん》氏に会いに行き「いかにしてビンボーウイルスを退治するか」を伺った。邱氏は「お金は淋しがり屋なのだよ」とにこやかに答えた。

「お金は淋しがり屋だからお金のあるところへ行く。お金持ちにお金がたまるのはそのためです」。「運というウイルス」が邱リロンだった。「実業家でも作家でも画家でも、一番売れている人と付き合いなさい。運のウイルスは感染します。運が運を呼ぶ。ビンボー人にビンボーウイルスが伝染するのと同じだ。一番売れている人と一緒に仕事をすれば、お金も感染するのだよ」

なるほど。邱氏を紹介してくれたのは檀一雄氏で東大の先輩後輩であった。邱さんと話をすると運ウイルスが伝染して、その後急に運が開けた。

人間、仕事が面白くなると、生きていく行為が活性化する。失敗しても、それが逆に生きる力になった。

運もウイルスで、私が私でありつづける運を「可として受け入れるか」、「不可としてふてくされるか」。そこの境目に運のウイルスが作用するのであった。

そのころ立川競輪場で作家の色川武大《たけひろ》氏に会った。色川氏は阿佐田哲也の名で『麻雀放浪記』を書き、ギャンブル小説の先駆者となっていた。無頼生活のなかで小説の基調になる「敗者の生き方」を体得した人だ。

少年時代はスリの技術に感嘆し、本気でスリになろうとした。闇の賭場にも通いはじめた。短編集『怪しい来客簿』で色川武大にカムバックし『離婚』で直木賞を受賞した。

色川さんは毎日、自分の運の一覧表をつけていた。いいことが多い日は白マル印、悪いことが多い日は黒マル印。一年間を通じて運の流れが上下にカーブした表になり、勝ちつづけている日はギャンブルはおさえる。その逆に負けつづけている日に勝負に出た。

競輪場で会ったときは、自分の運の流れと選手の運を見くらべて車券を買った。競輪新聞の予想は無視し、頭にあるのは、すべて運であった。

運をいじってはいけない。運のウイルスは、こちらの都合とは別行動をとる。そこを見さだめていた。

と過ぎ去った日々を考えながらオミクロンのワクチンを打った。二日間頭のなかが朦朧として仕事が手につかない。

赤瀬川原平さん、ドクトル庭瀬、渡辺和博、邱永漢、檀一雄、色川武大、と今は亡き人を思い出しつつ二月の寒さが身にしみる。

ワクチンを接種してから谷保天満宮の空へむかって「今年もよろしく」と手をあわせた。人間の運は荒野をめざす。運という見えざる波がざっぶ～んと人間の行くさきにふりかかる。

蟬時雨

オランダ在住のモーレンカンプふゆこさんの句に
「死と向き合う人みな師よせみしぐれ」（高山れおな選）

がある。

蟬時雨《せみしぐれ》は蟬が驟雨《しゅうう》のようにシトシトと鳴きたてる様子で、蟬の合唱を聞きながら死と対峙している人の姿が思い浮かぶ。

選者の高山さんは「吶々《とつとつ》とした破調（しかし十七音）に思いがにじむ」と評している。きちんと五七五の形に納まっている。

これはだれもが体験する感慨で、死にゆく人には宇宙と時間に身をゆだねる覚悟と諦観があり、身をもって「人間は死ぬ動物である」ことを示す。

年をとった私も、恩ある人たちと死別してきた。

癌を告知されていた兄貴分編集者、突然死した貧乏人の義兄弟、大往生するはずの経営者。「死と向き合う姿」は粛々たるもので、「みな師」である。

コロナ禍で蟬も心なしか元気がない夏がつづいた。

梅雨明けごろからジッジッと蟬が騒ぎはじめて、チッチと鳴き納める。鳴くのは雄だけで、そのうち油蟬がバリバリと機関銃軍団となってやってくる。

どやしつけるように鳴いて地面が揺れる。黙って聞くうちに頭蓋骨が割れそうで、外へ出て「うるせえぞ！」と声を出したら、こちらをめがけて突進し、顔を直撃しそうになった。手でふり払ったが顎と首に当たった。

「ひるがえり特攻隊の油蟬」（嵐山）

なんて詠んでる場合じゃありません。ひたすら夏が終わるのを待つしかない。西日にあたった油蟬は家の庇《ひさし》の下を飛び、蜘蛛のすの網《あみ》にひっかかって暴れたが、暴れるほど糸に絡みついた。

しぼり出すような鳴き声を聞くと気の毒な気もするが、成虫した蟬の命は数日から一週間ほどだから、いちいち同情してもはじまらない。

蟬の天敵は雀である。鳴いているところを雀につつかれて落ち、子雀の餌となる。猿も蟬を食う。枝に実っているいちじくの果実をとるように手をのばしてつまむ。猿は獣の気配を消して捕るんだね。

すぐ横に止まっている蟬は、仲間が捕られたことを知らずに鳴いていて、そいつも食われる。

中国西安の食堂で蟬の空揚げを食べた。ゴマ油でパリッと揚げて、嚙むとサクッとした食感があったが、ミーンミーンと鳴きたくなる味でした。

秋になるとヒグラシやツクツクボウシが鳴く。ミンミンゼミは、合唱団のように順番をわきまえて鳴く。山の蟬はオーケストラ感覚がある。あっちがミーンミンミン、こっちがミンミンミーンと競いあう。

蟬の句では芭蕉の、

「閑《しずか》さや岩にしみ入《いる》蟬の声」（『おくのほそ道』）

がよく知られている。

「古池や……」の句のつぎに知られている名吟で「こちらの句が一番いい」とする外国人も多い。

芭蕉は元禄二年五月二十七日（今の暦で七月十三日）、山形県山寺（立石寺）を訪ねた。

初案は「山寺や石にしみつく蟬の声」で、それが「淋しさの岩にしみ込《こむ》蟬の声」となり「さびしさや岩にしみ込蟬のこゑ」をへてこの句になった。「しみ入る」に至るまでの推敲が芭蕉の腕だ。「しむ」とは色が染まる・香りがうつるという意で「心に深くしみこんでいく」ことである。ときに芭蕉は四十六歳だった。さて、「この蟬とはなにか」である。

かつて「この蟬の種類」をめぐって論争があった。うろ覚えだが山形県上山《かみのやま》市出身の歌人斎藤茂吉は新暦七月の句だから油蟬とし、漱石門下の碩学小宮豊隆《とよたか》は、にいにい蟬とした。油蟬では情趣に欠ける。双方言い競って、のち、茂吉が持論を撤回した。

芭蕉は幼名を金作といい、十三歳のとき実父が没して伊賀上野で五千石取りの侍大将藤堂新七郎良精《よしきよ》の奉公人となった。良精の嫡子良忠《ちゃくしよしただ》(俳号蟬吟《せんぎん》)の近習人《きんじゅうにん》である。台所用人を兼ねたお伽衆《とぎしゅう》で、二歳上の蟬吟について俳諧を学んだが、兄と慕った蟬吟は二十五歳で急逝した。

二十三歳の芭蕉(俳号宗房)は、蟬吟の位牌《いはい》を高野山報恩院に納める一行に加わった。

それからさらに二十三年がたっていた。蟬吟への思い入れはひとかたならぬものがある。

この句の蟬は間違いなく蟬吟を追悼している。

蟬吟の位牌を高野山へ納める山道でも、初夏の蟬が鳴きはじめていた。芭蕉の句は一見その場の風景をかすめとっているようで、そのじつ裏がある。句に隠された謎（真意）を読みとくことが、芭蕉を追う旅なのです。

立石寺の奥の院に行くには山門入口から千余段の石段を登る。二百五十段ほど登ったところに蟬塚があり、休み休み行くと仁王門に出て、そのさきに開山堂があった。急な石段だが不思議と疲れないのは、岩山をおおう松や楓の緑が濃く、木陰が涼しいためである。

芭蕉は「岩を這いて仏閣を拝し、佳景寂寞《じゃくまく》として心すみゆく」と書いている。「ほそ道」の地の文は明晰《めいせき》にして堅固、涼やかな風が吹き、文体が岩である。ゴツンとした景観の描写は勇壮で無駄がない。

芭蕉には、もうひとつ「蟬」の句がある。

「やがてしぬけしきハ見えず蟬の声」（『猿蓑《さるみの》』）

元禄三年（四十七歳）の句で、前書に「無常迅速」とある。

芭蕉はこの四年後に五十一歳で没するが芭蕉一周忌の法要で、真蹟懐紙が掛けられた。蟬は「やがて死ぬ命」であることを知らずにミンミンと鳴いている。

台風のあと、なかば廃園と化した中庭から虫の音が聞こえる。

枯葉がかたまってこんもりと盛りあがったので、竹箒でかき集めた。ナラやカシなどの雑木の下には、野良猫が秘んでいそうな枯葉のかたまりがある。屋根まで梯子をかけて雨樋にびっしりつまった枯葉を掻き出した。枯葉に土がまざって固くなっている。焚火をしたいところだが禁止されている。

枯葉にまじって、油蟬の死骸が煙草の吸殻のように横たわっていた。

夕日へむかって両手をつくように固まった蟬、へたへたと眠っている吸殻、ひるがえって羽をのばしたまま乾燥している。枯葉に抱きつくようにしているぬけがら、天空の荒野に散華して、枝にからみついた蟬のぬけがらもあった。

手に乗せると、ぱさっとはじけて飛んでいった。

夢でもいいから

北風が吹いて、木の葉が散り終わった大学通りをトコトコ歩き、国立の増田書店へ行った。

いつもの散歩コースだが、日差しが出る瞬間があり、革ジャンパーをはおって赤マフラーを首に巻きつけ、買ったばかりのスニーカーのはき心地を試しつつ歩いた。

東京郊外の国立に住んで七十年余になる。仕事場の神楽坂と国立を行ったりきたりで、花街と文教地区を泳ぐように生活している。国立にはシューちゃん（佐藤収一）という中学高校時代の同級生がいて、大相撲初場所の初日と千秋楽を観戦しに行った。年をとってくると運動不足になるから、シューちゃんとあちこちを出歩くことになる。

増田書店のショーウィンドーに亀和田武著『夢でもいいから』（光文社）が飾ってあった。店内に入って捜すと書棚にない。店員に尋ねると、ショーウィンドーの本を取り出して「これ一冊だけです」という。

なんだか申し訳なく思ったが、ひったくるように買いました。カメワダ君は国立市にある高校の七年後輩である。

私の担任だった故ノムラ先生が「きみと同業者でテレビに出てる人がいる。ふたりとも私が担任だった」と教えてくれた。カメワダ君も編集者あがりの文筆業である。

カメワダ君はTBSで昼のワイドショーに出演していたころは年収スーセン万円だった（と書いてある）。なんでも書いちゃう正直な人だ。そのあと、フジテレビやテレビ朝日「スーパーモーニング」にも出演したが、「テレビに出ている物書き」というイメージで、つきつめると私と同じだった。

私は、カメワダ君より一足さきにテレビ出演をやめて、カメワダ君に会ったとき「テレビ出演は賞味期限があるから、やめちゃえ」と先輩づらして、言った覚えがある。

「カメワダ以外のペンネームにしたほうがいい」とも言った。

カメワダ君のプロレス本、競馬本、『60年代ポップ少年』、いずれも細部に鋭角の視点が届き、とくに『夢でまた逢えたら』が抜群だった。七年ずれた昔を生きた私は、そのずれのきしみを楽しみながら読んだ。本を買ってポケットに入れて大学通り歩道のベンチに座って読みはじめた。

「十六歳の少女が、いまは美熟女だなんておどろきだよ」「ヒルトンと村上春樹、そしてもう一人の日本人」「カプセルホテルで逃亡犯のように息を潜めた日々」「商魂たくましく純情きらりなアウトロー人生」の項目がバッグンにスリリングだ。

坪ちゃんこと故坪内祐三とツルんで飲み歩き、渋谷で会った就活スーツ姿の女子大生を連れて三軒茶屋の居酒屋へ行く。

朝方近くまでやっているこの店は、私も知っている。小劇場の打ちあげのときに行く店だ。女子大生と一緒に酒を飲んでいた学生から携帯電話がかかり「あいつら普通の人と違うから用心しなよ」という声がきこえる。

店の奥にいたコント赤信号の小宮孝泰さんが、「あれ？　カメワダさんじゃないですか？」と声をかけた。「久しぶりですねえ。なんで三茶に？」と訊かれ「こちら坪内祐三さん」と紹介する。小宮さんは坪内氏の仕事に目を通していて「うわっ、物書きの人に二人も会うなんて」と言ってから、「僕の親戚のオジさんにも小説家がいるんですよ。誰も知らない無名の作家ですけど」と言った。

「小宮さんはどこの出身？」と訊くと「小田原です。神奈川県の小田原です」。カメワダと坪ちゃんは一瞬の間もおかずに「じゃ、川崎長太郎？」と同時に叫んだ。

小宮さんは「え、どうして知ってるんですか！」と目玉をグルグルさせて「いままで、オジさんの名前を知っている人に会ったことなかった。それが、今日はじめて」。

ふたりとも「川崎長太郎の『抹香町《まっこうちょう》』シリーズを愛読して、大好きだよ」。

川崎長太郎は小田原の魚商の長男として生まれて、私娼窟《ししょうくつ》、抹香町の女たちを買い、ボロ屋の自宅を訪れる女性愛読者たちとつきあい、その顚末を書いてしまう。長太郎に関しては、私も熱烈読者のひとりだ。

渋谷の値の安い居酒屋で坪ちゃんと会い、たまたま会った女子大生と三茶へ向かい、長太郎に至る枝葉末節を書いて読ませる語り口は、坪ちゃんにも共通する。

そういえばカメワダ君に会ったのは坪ちゃんの葬儀の夜で、あの日も雨風がビュービュー吹いていた。

歩道のベンチに座って本を読むなんて、久しぶりだ。カメワダ本には、忘れられない映画スターや歌手、プロレスラー、ロックスターの内田裕也、ほかマイナーな芸能人が出てくる。

年をとると、昔の話ばかりがよみがえる。この世で一番嫌いな言葉は「未来」で、〽明日《あした》があるさ……と歌った九ちゃんこと坂本九は、日航機墜落事故により四十三歳で不帰の人となった。「港町ブルース」で〽明日《あす》はいらない、今夜が欲しい……と絶唱した森進一は七十六歳になりました。

「小説宝石」の名連載「夢でまた逢えたら」の本がショーウィンドーに飾ってあるのは、増田書店のオーナーが高校の同級生なのかな、とあらぬ穿鑿《せんさく》をした。

この本には国立にあった「邪宗門《じゃしゅうもん》」という骨董的喫茶店ほか、いまもある「ロージナ茶房」、増田書店が出てくるから、ショーウィンドーに並んで当然の名著ということになる。

大学通りの歩道沿いには「保存樹木」として番号札がついた桜やイチョウの古木が、ゴツンとした恐竜の骨のように枝をのばしている。幹の膚が岩のようだ。枯れ菊がしだれ桜のように折れ、葉蘭が黒い傷のように繁っている。

と、そこへ「週刊朝日」副編集長よりケータイへ電話があり、「『週刊朝日』は五月末に休刊します」と知らされた。

拝啓ミッグちゃん

林真理子さんが「週刊文春」連載の「夜ふけのなわとび」に「週刊朝日」休刊の話を書いている。

……人気連載も多かったのに。休刊というのはやさしい言い方で、実際は廃刊ということ。まことに残念である。これでドミノ式に、休刊が増えていきますね。

私も同じことを考えていたので、「これより休業というより廃業の道か」と覚悟した。ほうっておいても、出るのは無念と未練だけ。

十年前までは、月に十五本の連載があったけれど、ぽつんぽつんと終わりになり、ついにその日がやってきた。覚悟はしていたが、さてこれからどうやって暮らそうか。

いつだったか東海林さだおさんと「雑誌の連載が打ち切られるのが一番怖い」と話しあったことがある。東海林さんは週刊誌、月刊誌に長期連載をかかえていて、どの仕事も手を抜かない。

私の連載コラム「コンセント抜いたか」が始まる前、「村上朝日堂」を連載していた村上春樹さんが「〆切りが週ごとに迫ってくるの、嫌だね」と言った。ほんとに嫌そうな顔をした。村上春樹ほどになればそうなんだろうが、雑文稼業としては、〆切りが快感になるのだった。

林真理子さんが言う通り「休刊」というのはやさしい言い方だ。

休刊は休憩に通じる。休日、休閑、休耕田、休息、休場、閑話休題、本日休診、休戦、休養。

それに対し、廃は廃物、廃業、廃墟、廃園、廃棄物、廃絶、とあれはてたイメージがある。十数年前に二年間かけて廃線旅行をした。廃線になって一年もたつと線路に雑草が生え、レールは赤く錆びる。駅舎のホームはひび割れ、改札口の柱に蔦がからまり、鳥の巣となる。レールが撤去されると、赤く変色した道床砂利《バラスト》に、昼顔だの芒《すすき》だのといった草が生えてくる。廃跡探訪は日本人が得意とする分野で、古人は失われた名所旧跡や歌枕を捜す旅をしてきた。

栄枯盛衰は時の流れで、栄えたものはいずれ滅びる。その滅びのなかにこの世の仕組みを見るのである。

行く汽車の流れはたえずして、しかももとのレールはない。森や山や海岸のすみずみまで走ったローカル線は原生林に侵食されて、痕跡が消えた。

北海道ちほく高原鉄道から涙ぼろぼろ夕張鉄道、くりはら田園鉄道（くり電）、鹿島鉄道（カシテツ）、草軽電気鉄道、信越本線、奥能登センチメンタル・ジャーニー、島原鉄道、鹿児島交通枕崎線まで廻った。廃線旅行は、鉄道の歌枕を訪ねる旅であった。

廃線旅は蒸発した恋女房の足跡を追いかけるようなせつなさがあり、果てしない未練がつきまとう。「もう一度やりなおそう」といっても、もう遅い。あ、廃線と廃刊は違いますね。

「週刊朝日」の連載はほぼ二十五年間つづいたので、歴代の担当編集者の顔がよみがえります。ありがとう。

一時代前に廃刊になった雑誌が、内容を変えて再生する、ことがある。私がかかわった月刊「太陽」は、明治二十八年に博文館から刊行された総合雑誌で、昭和三年に廃刊となった。いまは平凡社から「別冊太陽」のみが刊行されている。

林真理子さんは、三十数年、マガジンハウスの「ａｎａｎ」に連載している。それにつづく「ＰＯＰＥＹＥ」「ＢＲＵＴＵＳ」「Ｏｌｉｖｅ」をまとめてマガハ（マガジンハウス）文化といったという。

私も「ブルータス」や「鳩よ!」などに連載したが、当時売れていた雑誌をまとめてパピプペポ雑誌といった。「パンチ」のパ、「ぴあ」のピ、「プレイボーイ」のプ、「ペントハウス」のペ、「ポパイ」のポ、でパピプペポ雑誌の勢揃い、タイトルに破裂音がつくと、読者の気分がはねる。だれがこんなことを言ったのかというと、私が言ったのだった。

それにつづくのは「バビブベボ雑誌」で「ヴァンサンカン」「ビーパル」「ブルータス」だが、べとボがなんだったか忘れてしまった。その上をいくのがダヂヅデド雑誌で、「ダカーポ」と「ドリブ」だと宣伝して月刊「ドリブ」を刊行した。みんな昔の話。

「週刊朝日」の名記者に宮本貢《みつぐ》氏がいた。貢ちゃんは小学校の同級生で、クラスで一番勉強ができた。私はビリだから下の一番め。貢ちゃんの家は三軒となりのボロ家で、私の家もボロ家だった。

この一角はプレスタウンという新聞社社宅で、戦災で家をなくした朝日、毎日の家族が住んでいた。新聞協会が持っていたヘンピな原っぱにボロ家を建てて、抽選した。たまたまクジにあたった。

貢ちゃんの父は「朝日新聞」の社会部部長だが、私の父は途中入社のヒラだった。

小学校の一学級上（六年生）に扇谷さんがいて、五年生で一番の貢ちゃんと漢字競べをした。校長先生が「タソガレ」と題を出すと、黒板の右と左に立ったふたりが「黄昏」と書いた。拍手拍手！

どっちが勝ったか忘れたが扇谷さんの父は扇谷正造氏で「週刊朝日」編集長になり、十五万部だった部数を百五十万部に急伸させた。

扇谷さんはプレスタウンとは別の国立地区に住んでいて、私に会うと「よう、元気か！」と肩を叩かれた。二十年以上前、赤坂八丁目の小さな寿司屋へ入ると、「よう！」と声をかけられ、それは一年先輩の扇谷さんで、渡された名刺に「アサヒビール東京支社長」と印刷してあった。

アサヒビール役員は、寿司屋など飲食店へ廻る仕事があった。父は朝日、息子はアサヒ。そのころの私はテレビに出ていたので、すぐ面が割れた。

扇谷正造さんに雑誌「ドリブ」に原稿を依頼したとき、酒を飲めない息子がビール会社に入り、酒屋の立ち飲み屋へ行って飲む話が出てくる。

ビールの新商品が出たとき、新人は酒屋の立ち飲みコーナーを廻り、そのビールを飲む。飲めないから、飲んだふりをして、ワイシャツの下までびしょぬれになる、という話だった。

「週刊朝日」のミツグちゃんとは、小学校の同窓会でよく会った。「朝日ジャーナル」でも活躍したが、フリーになった私に「三カ月限定」連載を書かせてくれた。林真理子さんの「対談」のページも一年ぐらいやり、吉永小百合さん、都はるみさん、などが相手だった。

一週間後に増田書店へ行くと入荷した亀和田武著『夢でもいいから』がショーウィンドーに飾られていた。

坂崎重盛というジンブツ

季語で恥をかいて俳句道楽にはまるのがわれら「遊俳」の徒であるが、多方面の歳時記を読みあさって季語巡礼にのめりこむ怪人が坂崎重盛というジンブツである。

春、夏、秋、冬、新年の四季折々の時候、天文、地理、生活、行事、動植物などのさまざまな言葉の季が決められている。

句会にはハンディな「歳時記」や「季寄せ」を持参する人もいる。秋の季語に「銀漢」（天の川）があり、神田神保町にあった銀漢亭という立ち飲み屋主人は天の川出身ということだ。

秋の季に「芋嵐《いもあらし》」があり、嵐山の蔑称かと訝ったが、芋《さといも》の葉が強風にあおられて白い葉裏を見せる景色をいう。阿波野青畝《あわのせいほ》の句「案山子《かかし》翁《おう》あち見こち見や芋嵐」の句から季語となった。

「花野」の季は春ではなく秋。一面に秋の草花が咲き乱れる広い野原で、令和四年

「俳画カレンダー」（私家版）秋の句にこの季を使った。蕪村の句に
「広道へ出て日の高き花野かな」
がある。蕪村の時代から秋と決められているのです。
と、目につく歳時記を数百冊集めて、故事や由来を調べまくった。『季語・歳時記巡礼全書』（山川出版社）は五一一ページというボリューム。十年前から書きはじめ、ここに完成いたしました。

重盛は純情なる古書蒐集家で、厖大な奇書を収納した洞窟散漫堂《さんまんどう》に蟄居し、姿をくらまして死んだふりをして一挙に書きあげた。よく使われる歳時記は版元別に旧版から文庫本まで収録しているが、痛快なのは変わりダネ歳時記である。『絶滅寸前季語辞典』『絶滅危急季語辞典』（いずれもちくま文庫）で筆者は夏井いつき。テレビの『プレバト!!』でおなじみの夏井宗匠の肩書は「絶滅寸前季語保存委員会委員長」。

まず一番目の絶滅寸前季語は「藍微塵《あいみじん》」で「忘れな草」の別名。菅原洋一さんが歌っている「忘れな草をあなたに」という青春歌謡がある。「百人の恋な忘れそ藍微塵」（おののき小町＝夏井いつき）が作例。

「愛林日」（「みどりの日」五月）、「従兄煮《いとこに》」（「正月事始《ことはじめ》」の雑煮で芋、大根、人参、

豆腐を煮こむ。醤油煮）。「いとこ煮」は（追い追い煮る）、つまり甥々《おいおい》煮るという駄《だ》洒落《じゃれ》で、曲亭馬琴《ばきん》編、青藍補の『俳諧歳時記栞草《しおりぐさ》』（嘉永四年刊）に出てくる。

それを手もとの『難解季語辞典』（東京堂出版）や岩波文庫『栞草』で調べ、季語探偵と化していく。これは時間がかかりましたな。

変わり種として、『ハワイ歳時記』。ハワイは常夏《とこなつ》の島じゃないですか。だからハワイ特有の季語がある。ハワイ在住俳人元山三代松が一九七〇年に作った。ハワイ州ホノルル市内「ゆく春発行所」。緑色クロースの地に英文で「ハワイポエムカレンダー」とタイトルが入り、花束のレイの絵がかけられている。

「カハラオプナの恋の色とも夜の虹」なんて句が出てくる。

「夜の虹」はハワイの季語である。ノーベル文学賞受賞後に川端康成がハワイ大学講演で「夜の虹の美しい七彩はハワイ特有の季語」と賞賛した。

また、『沖縄俳句歳時記』は琉球新報社「琉球俳壇」選者の小熊一人《かずんど》編。小熊氏の作例（十月）は、

「落鷹のごとくに風邪の夜を嘆く」

重盛は編集者でもあり版元の時代背景に詳しく敏感である。櫻井均が社主の櫻井書店『犀星《さいせい》発句集』は、戦中戦後のペラペラに薄い仙花紙《せんかし》を使ってのわびしい造本だ。

戦中、昭和十八年初版で、芥川龍之介の句「風呂桶に犀星のゐる夜寒かな」に、犀星が「ふぐりをあらふ哀れなりけり」と付けた。

いい付合《つけあい》なので、「芥川賞をあげたい」んだって。サンセーです。

カタカナ俳句だけを集めた『俳句外来語事典』、虚子の「国際歳事記」構想、『「半七捕物帳」大江戸歳事記』、〝死〟と〝笑い〟の歳時記、『文学忌歳時記』、山本健吉『基本季語五〇〇選』、『地名俳句歳時記・全八巻』、とあるわあるわ『定本西日本歳時記』（西日本新聞社）の「定本」という文字が「微妙な圧をかけてくる」。

宮坂静生『季語の誕生』は、〝中央集権的〟歳時記優先を指摘した。北海道の稚内《わつかない》在住の俳人から、季語のズレを訴えられた言葉に胸を打たれた。

実景と歳時記の誤差。みちのく俳人からの問いに子規は「盛岡の人は盛岡の実景を詠むのが第一なり」と答えた。宮坂氏は、その土地の実景を地貌とする。と、季語に関しては、狭い日本なりの課題がある。

久保田万太郎は「箱根山を越えたことなんかない」とうそぶいていた。

佐賀在住の筒井ガンコ堂よ、『西日本歳時記』にある「肥後の赤酒」「雉子酒《きじざけ》」「スルメかんびん」「絵踏み」という季で俳句詠んでハガキ送ってくれよ。

能古島の檀太郎も「ノコの枇杷」「大根芽」などで詠んで新興西日本句会をやって

いただきたい。

「もがりぶえ檀一雄酔てやってくる」

金子兜太は「地名が十分にはたらいていれば、さらに季語を加えて用いる必要はない」と考えた。「名所」と「無季語」の関連を知っているか否かで、その人の俳句理解への深度が測れる。

前衛俳句の頭目であった兜太オヤブンは季語を〈人造語〉とし、蟬という夏の季語は生きものでありつつ、また別の意味とした。「季語をしゃぶりつくせ」と大号令をかけて実践した。無季のなかに「隠れ季」という鬼がひそんでいる。

金子兜太『現代俳句歳時記』（平成元年刊）をいつも参照しているが、齋藤愼爾《さいとうしんじ》装幀の表紙がぼろぼろになった。「深夜叢書」齋藤愼爾の装幀と念を押して書くのが重盛の視点である。

兜太の父金子伊昔紅《いせきこう》は「赤ひげ先生」と慕われた医師で俳人。「元日や餅で押し出す去年糞《くそ》」（昭和十六年）、と詠み、息子の兜太は「長寿の母うんこのようにわれを産みぬ」ですからね。父は「糞」にして子は「うんこ」。

重盛は八十歳にして十年かけた大著を執筆して「ぼくの墓碑銘」と述懐するが、述懐するのは早すぎる。まだアル。

すべて夢の彼方へ

神楽坂の隠居部屋に泊まって、居酒屋「トキオカ」にて一杯飲んで本多横丁を歩いていくと「おひさしぶりね」と妙齢の女性に声をかけられた。

「カナ子です。F病院で看護婦してました」

あ、カナカナ、カナカナ、カナ子ちゃんですか、お世話になりました!

数年前、胃潰瘍で吐血して入院したとき、親切にしてくれたカナ子さんだ。病院のナイチンゲールで、略してカナ子さん（じつは本名）だ。

カナ子さんは茶髪で腰がよじれるようなとっぽい色気がある。入院一週間後、病室裏側にある非常階段で煙草をくれた。ハイライトの箱を出して、「吸いたいでしょ」と言って、ライターで火をつけてくれた。嵐山の著書『魔がさす年頃』を持ってきて、「サインしてね」と言った。

「魔って、アクマのことですか。蚊みたいに飛んできてさすの?」

「そうです。魔がさすのは、こちらの精神と体力が充実しているときです。体調不良のときは、せっかく魔がさしたのに、それに気がつかず、やりすごしてしまう」

「じゃ、いまは魔がささないの。さしなさいよ、私、待ってるわ」

その三日後に私はめでたく退院した。それから半年たちまして、偶然、神楽坂の横丁で会った。

カナ子さんは病院を退職した、という。

私に煙草を吸わせたことがばれてクビになったのだろうか。詳しいことは訊かなかったが、煙草一本の恩に報いて薄暗い地下バーへ案内した。

カナ子さんは、

「私にも魔がさしたのよ、嵐山さん、お世話してくれませんか」

とハスキーな声でささやき、肩を寄せてきた。

あわわわわ、とたじろぎつつ、

「勘弁して下さいよ。私にはそんな甲斐性もお金もありません」

と言うと、

「じゃ、仕方ないわ」

と、あっさり引きさがった。引きさがられるとつまんなくなって、

「だれか世話してるの」

と訊いた。

「画家なのよ。けっこう有名な人ですが、軀をこわして失業中。世話が焼ける人なの」

「トーストパンみたいにコンガリ焼けるの？」

意味もなく嫉妬した。

「世話を焼きすぎると黒く焦げて食べられないよ」

「食べられない？」

「いいい」

うーん、くやしくなってきた。お世話はミディアム・レアぐらいに焼くのがコツですか。

その画家は、私のあとに入院した患者だという。カナ子さんは、気になる患者を保護したくなる性分らしい。私の友人で、入院さきの看護婦さんと結婚した人がふたりいる。

カナ子さんは、地下バーの上にあるコンビニで買った弁当を二つ持って帰っていった。

隠居部屋へ戻ると、ＰＲ雑誌の女子編集者から留守電が入っていて「いつもお世話になっています。原稿の〆切りが過ぎていますのでよろしく」。

ピーピーピー。

「いつも世話をしているつもりはない」が、軽い挨拶の言葉で、コンニチワ、という感じで言っている。

「世話」とは「気を配って面倒を見ること」で、親の介護がそのひとつである。いまはペットとして犬や猫の世話をする。

ペットを飼っている人は、餌（ではなくフード）から水、排泄のしつけ、寝床、不妊手術、散歩、予防注射、毛のカット、爪切り、遊び相手まで、さまざまの世話をする。面倒な世話をすることによる満足感を得るのです。

室内で兎を飼ったことがある。家の庭へ裏山から小兎が逃げこんできた。臆病で、ダンボールの箱のなかでガタガタ震えていたが、なれてくると蒲団の上で眠る姿がかわいかった。そのうち革靴をかじり、古書、事典、電気コードまで食いちぎるので閉口した。

団地暮らしのころ窓から飛びこんできた椋鳥がすぐなれて手や肩の上に止まり、ゴキブリを一瞬にしてつかまえて食うところが役に立ったが、糞の扱いに困った。外へ出しても近所を一周して、またベランダへ戻ってきた。

国立に越してから、ヤモリが電線をつたって道をはさんだ隣家と行き来したが、わが家の野良猫ニャアに殺された。ニャアはトカゲや鼠や鳩を襲撃して、死骸を出窓の上に並べて自慢する。

鉢植えの植物も世話が焼ける。朝顔、菊、南天、あとは盆栽です。三日間水をやらないと枯れちゃうもんね。老父を連れて東北の湯治場へ行ったときは、梅の盆栽にやる水が気になって、予定を切りあげて三日で帰った。

町を歩けば恰幅のいい人が悠然と歩いていく。町の世話役である。もめごと、祭事、道路工事の予定、葬儀、などを取り仕切っている。もめごとがあれば万事公平に取り扱う。市会議員や役場の人間が取り仕切れないことをいとも簡単にまとめる実力者である。男女関係の見識がある世話焼きおばさんは、好んで人の面倒を見る。世話人は世間の仲介役で町のリーダー。

江戸時代、浄瑠璃《じょうるり》や歌舞伎で世話物といえば、町人社会の争い、義理、人情を扱った風俗劇であった。いま、現在進行中の事件が芝居の世話物として語られた。

世話役は、就職を手助けするし、縁談の仲介もするし、集団のリーダーになって運営や事務処理をする。人の役に立つ世話役が人間社会を動かしていくのだが、それでも「世話の焼ける子」が出てくる。身内に対しては「世話がない」次第で、どうしようもない。それが世間というもので、私こと嵐山光三郎の今年の課題は、山野を歩いて老いた肉体を鍛えることである。アフリカの砂漠へ行くことが課題だがさて、どうなるか。とりあえずはママチャリに乗って、家の近所を走り廻る。そして一冊の本を作る。

新刊は『枯れてたまるか！』ああ、これ一冊。年に一冊だけなんて四十年ぶりで、ちくま文庫の世話になった。

「老いてますますわがまま」になり、「過ぎゆくことはすべて夢の中」へ消え、「薬缶の風格、蒸気の力」を学び、「ノンキナジーサンの幸せ」を考えた。「雨の日の過ごし方」を考察して沖縄の久米島《くめじま》へ行ってキハダマグロを釣ったが、同行した雑誌「つり丸」の編集長樋口タコの介は癌で急逝してしまった。

「社会運動はあっても世間運動がないのはなぜか」「社会科の授業があるのに世間科の授業がないのはなぜか」。世間は学問のレベルを超越した虚空にあるのです。

汚職やスキャンダルで摘発されると「世間をお騒がせして申しわけない」と謝罪するのは、世間に感情的でマッカな血が流れているからだ。

世話は世間の親子でありまして。会う人に、

「お世話になっております」

と言われて「私はお世話してません」なんて言ってはいけない。間違っても「大きなお世話だア」なんて言ってはいけませんが、やたらと「お世話」という言葉を使う通信文はうっとうしくて、世話になるつもりはないんだけどね。

うちのノラ猫

漱石の小説『吾輩《わがはい》は猫である』のまだ名がない猫は、小説では水がめに落ちて死ぬが、本当のところは、夜中に人知れず外へ出て死んだ。「猫の墓」と題した随筆に、その顚末が書いてある。

漱石の妻は、食べた物を座布団の上に吐く猫に対して至極冷淡であったけれど、古いへっついの上で硬くなった姿を見て、「墓標をたてなにか書いて下さい」と頼んできた。漱石は墓標の表に「猫の墓」と書き、裏に「此《こ》の下に稲妻《いなづま》起る宵《よい》あらん」と記した。四女愛子が墓標の横にガラスのビンを二つ置いて、萩の花をさし、猫が飲む茶碗に水を供えた。

漱石の妻は花も水も毎日とりかえ、猫の命日には鮭《さけ》と、かつお節をかけた飯を供えたが、いつしか庭までは持って出なくなり、このごろでは「大抵は茶の間の簞笥《たんす》の上へ載せて置くようである」と結んでいる。

私の家に初代ノラがやってきたのは一九九三年であった。ノラは家の東口にある駐車場の屋根で昼寝し、出窓から家のなかに侵入し、座椅子の上でテレビを見るようになった。気だてのいい野良猫で、引っ越しさきから自分の子猫を捜しにきたんだよ、と近所の人が可愛がっていた。

おんぼろ中庭にはいろんな野良猫が七匹やってきて、日だまりに集ってゴロゴロと喉を鳴らして談合をしてた。

あれは句会をやっているに違いない。猫は念力で句を詠んでいる。猫語は文字になりませんが、ひと息で白いカタマリのように詠むのです。

散歩に出ると、野原に固まっている猫、廃屋で集団生活する猫、池を横っとびに舞う猫がいる。尻の傷を舌で舐めている猫は戦士の休息だ。

わが家に十三年いた老猫ノラは、ある日突然、姿を消した。あちこち捜したが見つからず、ノラが『おくのほそ道』みたいな俳句吟行に出たのだ、と夢想して『旅するノラ猫』という小説を書いた。さらに浅生ハルミンの絵を加えて、『猫のほそ道』（小学館文庫）を刊行した。

ノラがいなくなってから三年後に、凶暴猫いすず（通称ニャア）が、シジュウカラをくわえて、窓の外から飛びこんできた。チッチッチッと鳴きながらシジュウカラは羽をばたつかせた。

ニャアはもとは野性的なドロボウ猫で、勝手に家へ入ってきて、食卓の上に置いてあったアジの干物を盗んで逃げた。忍び足で入ってきて、爪をたててシャーッと唸った。ガリガリにやせた骨だけの凶暴猫で、悪相の根性が気にいって、キャットフードを置くと少しずつ馴れて、外に置いた段ボールの箱で眠るようになった。

先代ノラは柿の木に登るのが得意だった。一直線に柿の木を駆け登って、てっぺんで月見をしていたが、ニャアは柿の木の下の枝に身を潜めて、野鳥やねずみを襲い、獲物を出窓の上に置いた。

そうこうするうち、皮下腫瘍となった。動物病院で8×8×3センチのかたまりを剔出《てきしゅつ》した。猫の癌の手術は、毛を剃ってから皮を切り、皮下組織を開ける。猫の皮膚は厚いので、癌を取り出してから皮の部分を二重に縫う。全身ズタズタの傷がつき、満身創痍のフランケンシュタインといった様相を呈した。

癌手術のあと、ニャアは病院の先生が施術した点滴のプラスチック管を齧って呑みこんで、のたうちまわった。先生は麻酔をかけ、ピンセットで喉から管を取り出して、こんな凶暴な猫は見たことないと言った。

帰ってきたニャアは雑巾みたいにぐったりしてなにも食べなかった。一週間たつとどうにか生気をとり戻して、外へ出せと唸った。家じゅうのガラス戸を閉め切ると、カーテンを食いちぎり、新聞をばらばらにして怒り、ドアを押し開け、階段を上って二階ガラス戸をこじ開けて逃亡した。

外へ出て走ると、縫合した皮膚がはがれて出血して、また動物病院で手当てをした。逃げては戻る日々が半年つづいた。背中の骨がゴツゴツ出て、目つきが鋭くなり、キャットフードを食べる悪魔猫となった。

家じゅうのガラス窓を閉め、屋根裏部屋の引き戸につっかい棒をしてガムテープを貼りつけた。ところがですよ、ニャアは怪人二十面相のように出窓から脱走した。ガラス戸を揺り動かし、鍵をゆるめて脱出して、早朝、白い繃帯を引きずって帰ってきた。

ニャアは、七年間いついて、駐車場のクルマの下で死んだ。

柿の木の下に穴を掘り、バスタオルで包んで、埋め、丸石を置いて「ニャアの墓」とした。

その二年後、黒猫が五匹の子猫を連れてきた。鴨の親子連れみたいに一列にゾロゾロゾロ。

もう知りませんよ。さんざん、野良猫には苦労してきたから、家の中へは入れないぞ。

と、いろいろありまして、五匹の子猫のうち二匹がそれぞれ子を産みました。計四匹が棲みついて、さあ大変。

野良猫ボランティアに頼んで、鉄柵の罠を組んで捕まえ、順番に不妊手術をした。四匹ともメス猫である。

一匹の黒猫はアメショー（アメリカン・ショートヘア）猫との間にアメショー系の子猫を産んだ。アメショーの子は気が強くて、イリオモテヤマネコみたいだから国立《くにたち》ヤマネコと呼んでいる。こちらの母さんは品がよくてゆったりしている。

もう一匹の黒猫は目が黄色く、キジトラ猫との間にキジトラ（縞模様）の子猫を産んだ。こちらの母親は一番のシッカリ猫で、近所の凶暴猫がやってきても、カラダを張って睨み返す。

五匹の子猫のうち、二匹のきょうだい猫が、それぞれの子を連れて家族となり、仲良く暮らしている。

四匹の猫がじゃれあって、組んずほぐれつ遊んでいる姿は可愛いが、クルマの下が好きで、動かそうとしても逃げないから、轢きそうで怖くなる。後ろのトランクを開けると二匹が飛び乗ってくるし、ドアを開けると助手席に座る。人の姿を見つけると走り寄ってくるが、私のことは知らんぷりという薄情な猫です。

さらば週刊朝日

二〇二三年六月九日、週刊朝日が廃刊となった。私のコラム「コンセント抜いたか」は二十六年間つづいた。第一回は一九九七年四月十八日号で、それから二十六年になる。第一回を書いたとき私は五十五歳だった。

歴代の担当編集記者の顔が、夢まぼろしのように浮かぶ。そのほとんどの人が退職した。気がつけば八十二歳だから、担当記者も年をとる。定年まで勤めた人、中途退職した人もいる。

いままで「なんと凄い人だろう」とびっくりするほどの天才に出会った。昇り龍は黄金の鱗をくねらせて飛翔し、周囲の人々がまぶしく見あげるなか、遥か天空へ消えていく。だれでも昇り龍となる時期があり、見えざる力が押しあげる。

しかしそのエクスタシーは一瞬であって、天へ向かったつもりでも、糸が切れた凧になる。今年はタツ年だが、元旦から能登地震に襲われた。

天才の凧は、糸が切れてから力を発揮し、自らの操作で、さらに上昇する。地上から糸で操られる凧ではなく、念力を持った凧として自在に飛びつづけるのだが、永遠に持続するわけではない。

龍は浮遊する意志である。時代にも上昇期と下降期がある。

私が生まれたのは戦時中の昭和十七年一月で、三歳のとき日本は敗戦国となった。そこらじゅうが焼け野原で、親を失った戦災孤児、俗にいう浮浪児が町をうろついていた。食うものがなく、草の根をかじって飢えをしのいだ。

一九六〇年代の高度経済成長期をむかえ、わが家にテレビが入った。電話がつながり電気洗濯機、電気扇風機、ステレオ、電気冷蔵庫、など電化製品がふえていった。トースター、電気鉛筆削り器。一番びっくりしたのは自動車であった。ふたりの弟はバイクを買った。あこがれていた夢のような生活をするようになった。

それから半世紀がたち、日本はふたたび暗い時代に戻った。いくら不穏で低成長といっても敗戦直後にくらべればどうということはない。

私の世代は、天国と地獄を体験して波瀾万丈であった。焼け跡にマンマルの太陽が沈んでいく恍惚は、いまも胸のうちにくすぶっている。

二十二歳で出版社に就職すると、予想した以上の激務が待っていた。三十歳のころは一日の睡眠時間が五時間という日々であったが、さほど苦にならなかった。三十八歳のとき勤めていた会社の経営がいきづまり、希望退職に応じた。そして「あらゆる敵は戦友である」ことを学んだ。

そのころの職安（職業安定所）は、なにかと難癖をつけて、失業保険を給付しなかった。職安であった知人が「立ち食いうどん屋で、ネギをいっぱい入れて食い、くさい息をはーはー出せばよい」と教えてくれた。

なるほど世間をわたる知恵だ。退職した友人たちと小さな出版社をたちあげた。木造スーパーの二階倉庫を借りた。やけっぱちで野に下ったのに、それがかえって評判を呼び、なんだかんだと繁盛してしまった。

貧相な長家を借りて多忙な日々となったが、バケツ一杯吐血して失神した。危うく一命をとりとめ、病院のベッドに横たわりながら「いまが一番！」と感じた。死界のふちに片足を突っこみ、ふみとどまって生還したことが不思議だった。

回復すると遊ぶことに熱中した。できあいの遊びでは満足しない。とりあえずローカル線に乗って山の湯をまわり、すすけた宿に泊まって、破れ障子の穴から景色をながめるうち、仕事への本能がよみがえるのであった。

私の世代は仕事中毒（ワーカホリック）と呼ばれる人が多く、なにか表現をしていなければ気がすまないようにできている。晴耕雨読酒池朦朧暴飲暴食となり、自分をコントロールできない。

五十歳のとき、坂崎重盛と一緒に自転車で芭蕉「おくのほそ道」を走破して、「下り坂の極意」を体感した。若いころの体力はなく、登り坂は、自転車から降りて歩いた。登るのは苦しいだけで、周囲が見えず、余裕が生まれない。どうにか坂を登りきると、つぎは下り坂になる。風が顔にあたり、樹々や草や土の香りがふんわりと飛んで気持ちがいい。そのとき、

「快楽は下り坂にあり」

と気がついた。光や音や温度を直接肌に感じた。なだらかな坂をゆっくりとカーブしながら進む快感があった。

「コンセント抜いたか」はそのころにはじまった。

週刊朝日の連載は坂崎重盛の手によって『不良定年』『枯れてたまるか！』『年をとったら驚いた！』『生きる！』など十数巻の単行本となった。

週刊朝日の最後の七年間は鮎川哲也氏が担当記者で、瀬戸内寂聴さんや横尾忠則さんの担当者でもあった。鮎川氏は編集しつつ記事も書く。二十六年間つづいて、横尾忠則という天才と邂逅できたことが嬉しい。

内館牧子さんが横綱審議委員のころ、国技館で会ってそのまま神楽坂でワイン飲んだとき楽しかったね。東海林さだお氏とは椎名誠氏と一緒に『平成「50駅弁」選定大会議』（これは文藝春秋）をやり、下重暁子さんとは競輪対談。日本ペンクラブ副会長をしていた下重さんは日本自転車振興会会長をしてました。山藤章二氏とは立川談志家元が仕切るNHKラジオ「新・話の泉」のメンバーで五年間、NHKみんなの広場ふれあいホールで会っていた。毒蝮三太夫さん、松尾貴史もレギュラーで、満席の客が入るが、談志さんは放送禁止用語を連発するので、一時間番組に二時間かけた。春風亭一之輔は坂崎重盛と夜の居酒屋を飲み歩くテレビ番組を一年間やっていたころ、私も何回かつきあった。

で、相棒の南伸坊は七十六歳となった。おつかれさまでした。

私は、南廻りでモロッコへ行き、カサブランカより北上して港町タンジェへ向かう。さらに一〇〇キロほどさきのジャジューカで三日間開かれる音楽祭（世界限定六十名）へ行く。同行はサックス奏者中村誠一。ローリング・ストーンズのリーダー、ブライアン・ジョーンズが熱狂したジャジューカの古代音楽で再生する。モロッコの魔術をたっぷりと浴びることにした。

あとがき

モロッコ・ジャジューカ村へ行く

男の平均寿命はおよそ八十二歳だから、いまの私はヘーキン寿命マッタダナカである。平均点に達したので、あとはおまけの人生となる。それを祝して、モロッコに出かけた。やったァ、じつに五十一年ぶりのモロッコです。

モロッコ北部にあるジャジューカ村の魔術的音楽祭である。砂漠地帯のジャジューカ村で一年に一回、三日間にわたって音楽フェスティバルが開かれ観客は六十名限定で民宿に泊る。ローリング・ストーンズの創設者ブライアン・ジョーンズはモロッコの音楽に強い興味を持ち、ジャジューカ村に赴き、現地録音したアルバム「ブライアン・ジョーンズ・プレゼンツ・ザ・パイプス・オブ・パン・アット・ジャジューカ」が一九七一年に発売された。貴重なる名盤である。一九七一年は、私がはじめてモロッコへ旅した年である。ブライアンは、その二年前に自宅のプールで溺死した。

赤塚りえ子さん（赤塚不二夫の一人娘）が団長のツアーに参加させていただいた。

りえ子さんはロンドンと東京の家を行き来する現代美術家だ。集合地はモロッコ北部の城砦タンジェで、ジブラルタル海峡沿いにある。

五十一年前、私は四歳の息子を連れて、スペインのマラガから、連絡船で渡った。城壁に囲まれた細い旧市街（カスバ）で飲んだミントティーの甘い香りにしびれた。半世紀前のなつかしい思い出。

テナーサックスの名人中村誠一さんと同行した。誠一さんは一昨年もこのツアーに参加して、荷物や水をロバに乗せて満天の星の下を歩いて「すばらしかった」と言う。

ヒコーキはアラブ首長国連邦のエミレーツ航空で、羽田からドバイまで十一時間だが、到着が遅れたため空港のホテルで一泊し、翌朝カサブランカまでエアバスで九時間。カサブランカから高速鉄道でタンジェまで北上して、タンジェで団長の赤塚りえ子さんたちと落ち合った。

ニューヨークからのベテラン写真家はじめ各国在住のアーティストが十人ほど参加した。みなさん毎年集まるジャジューカ愛好者ばかりだ。

私は十年前までは毎年海外旅行をくりかえしていたのに、ここのところパスポートはほとんど出入国スタンプ印がなく、ひさしぶりのヒコーキ旅であった。

不安なのは小便である。八十歳をすぎてからは頻尿便秘症となり、すかしっ屁で音をたてずガスを出す術はうまくなったが、尿が困る。映画館や劇場では二時間半が我慢の限度である。

映画館へ入るときは、まずトイレにいき小便を出しきっておく。水分はとらない。ヒコーキで長時間移動するとき、席を立つと隣の客の足をまたぐ。エミレーツ航空のビジネスクラスの席はたっぷりと広く、睡眠中に席を立っても隣客の足にふれないことを確認した。ビールやワインを飲まなければ、どうにか過せそうだ。

タンジェからジャジューカまではタクシーで移動した。マスター（演奏者）たちの家に民泊する。

ジャジューカ・フェスティバルの会場は赤と緑のテントが張られ、ジュータンを敷きつめている。ロバの停留所、モスク、夕日の広場、風が通りぬける道（ウインド・トンネル）、オリーブ畑、サンクチュアリ（聖者廟）、小学村。砂漠のなかのオアシス村である。

草原を三十分ほど登ると、伝説の洞窟がある。羊飼いが半人半獣の名人に魔法の笛を教わった岩穴。カフェもある。

月の砂漠を、はるばる渡ったさきに夢のような村があるのでした。夜はマックラ。星が空にばらまかれたようにまたたいている。頭に懐中電灯をつけて会場まで歩くと、巨大なテントのなかに、その日屠畜《とちく》されたばかりの羊肉料理が運ばれてきた。九カ所の円座をかこんでミントティーをすすった。いいですねえ。夢マボロシのなかで一時間ほどかけて、食べた。食事が終るとすぐ演奏となる。料理を作る人も演奏する人も、みな村人である。

太古のリズムが、波となってうちよせる。楽器は山羊《やぎ》皮の片面太鼓、バイオリン、リラという竹笛など十八人ぐらいで合奏する。唸《うな》るガイタ笛。導入は笛と太鼓でタタタターと響き、山羊皮の両面太鼓（ティベル）で宇宙の冥界に引きずりこまれる。メロディが耳の穴から心臓の奥までしみこんだ。

聴く、というより、全身で浴びる。音が透明で、渦を巻いて頭のテッペンから入ってくる。グラグラした。な、なんだこれは、天上から舞いおりる霊媒、砂漠地底からせりあがってくる官能。リラ（笛）はひとりがリードして、他の笛奏者が追いかける。チャルメラの音みたいなガイタ（木管楽器）の合奏で全身が痺《しび》れ、観客たちも踊り出して、肉体が溶けていく。

モロッコは禁酒でアルコールは飲めないが、リズムで酔う。グラグラして、ガイタの合奏でカラダが骨ごとミルクになった。

演奏は深夜二時までつづいた。世界各国から来た客は踊り出し、指から手からメロディの渦にまきこまれる。テンポの違う数種の音の流れが合わさり、鋭い角度を曲がる。音楽の竜巻だ。

三日目の夜は闇の奥が濃い。低く響くメロディが、目を閉じた瞼《まぶた》にしみこみ、演奏する村人も漆黒の闇のなかで痙攣《けいれん》する。人間の魂の深部に響く音がくりかえされ、加熱されていく。リズムが頭の中で沸騰《ふっとう》した。

こりゃやばいぞ。

と気がつくうちに小柄の長老モハメド・エル・ハトゥミ氏に何かが憑依《ひょうい》し、オリーブの枝をつかんで庭の炎の前で踊り出す。凄いものを見てしまった。村人は四十歳から八十歳までで、テントの中から炎の庭さきまで、肌にふれればとろける音楽が渦を巻くのであった。

……老人は荒野をめざす。

その荒野のさきに、ひろびろとおだやかな宇宙がある。来てよかった。これが私の最後の巡礼であった。力がわいてきた。

タンジェからアムステルダムは、エミレーツ航空で七時間。アムスへ行ったのはゴッホ美術館へ行くためだ。前もって予約をとっておいた。ゴッホの作品が七五〇点あまり所蔵されている。ダム広場のコーヒーショップの上にあるホテルに泊った。

赤塚りえ子さんは別の高級ホテルで、ツアー客はそれぞれいくつかのホテルに泊り、夕食は一緒に食べた。ひさしぶりのアムステルダムの夜、楽しくて仕方がない。ダム広場は夜九時ぐらいまで明るい。

トラム（市電）、レンタル自転車、バス。オランダのビール、ハイネケンを飲んで運河沿いを散歩した。あたしゃ負けないよ。まだまだ、これからだ、といい気分になって、夜十一時まで飲み歩き、ゆるい坂道にさしかかったとき、軀がポーンと浮きあがった。石畳の道を前のめりに転んだ。

若いころならふんばることができたのに上体に足がついていかない。厚めのジャンパーをはおって着ぶくれている。前へ前へとめざす足がもつれて膝がガックンと折れ、前のめりに一回転した。通路の人垣が左右にわれて「わっ」という声があがった。崩れるように転んで体裁が悪い。他人に見られたことが恥ずかしい。

なにくそ負けてたまるか。

あたしゃ平気だよ、という闘争心というか根性のようなものにつき動かされて、昔とった杵柄《きねづか》、受身の回転をして起きあがろうとした。軽いめまいがおきた。前歯が折れて、道路に血がついた。

後方をパトロールしていたポリスが救急車を呼んだ。一瞬、めまいがおこった。見知らぬ人がコップに入れた水をくれた。それは転倒した前の店のオーナーだ、とあとで知った。口のなかを洗って、道路に散った歯を拾いながら「同行した中村誠一さんや赤塚さんたちに申し訳ない」と思った。

パトカーとドクターカーがすぐ到着し、ドクターカーの女医さんが、口の血をふいてくれ、診察した。大した傷はない、と診断され、歯ぐきの消毒をした。頭を打たなかったことが不幸中の幸い。痛みどめの薬を貰った。

二十分ほどの手当てで終り、タクシーに乗ってホテルへ帰った。救急車は無料で、オランダが福祉国家であることに感謝した。ニューヨークで救急車を呼んだら何百万円、という話は、みんな知っている。

ホテルで三日間養生し、アムステルダムの歯科医へ行くと「日本に帰ってから治療しなさい」と言われた。ゴッホ美術館へは行けなかった。

帰国してからノーゲ（脳外科）でCTスキャンをとったが異状はなく、整形外科でヒサミツのはりテープを処方され、歯科で治療し、さしたる異状はなかった。三年前、頭がヅキンヅキンとしたときは硬膜下血腫と診断され、ただちに手術となった。おでこの右上にドリルで五円玉ぐらいの小さな穴をあけ、そこからチューブをさしこんで血を吸い出した。一泊二日で退院した。

モロッコを旅するときは、用心ぶかく無茶をしないように行動したので、転倒することはなかった。アムステルダムはおだやかな町でオランダの首都だから油断してしまった。

人間が一番始末におえないのは、今、自分に過大な幸運がきたときだ。ジャジューカ音楽にふれて、悦楽と恍惚を味わい、「生きていてよかった」と舞いあがって、そのあと同行者に迷惑をかけてしまった。

つい、いい気になったんですね。

それでも、老人は荒野をめざして長生きする。長生きすればこの世が変化していくことを確認できる。人生で連勝しているときは気をつけなければいけない。しのぐ時間が勝負どころだ。負けているときのほうが、いい運気がくるのです。

本書は文庫オリジナルです。

「週刊朝日」連載コラム「コンセント抜いたか」の二〇二一年一〇月十五日号〜二〇二三年六月九日号（終刊号）より選び、大幅に加筆・修正した作品を新たに構成しました。「はじめに　荒野をめざすひとびと」「あとがき　モロッコ・ジャジューカ村へ行く」は文庫版のための書下し。

尚、「横綱双葉山の小指」「戦略的老人」「史上最強のフーフゲンカ」「オーイ、大村アニキ」「千円札博士の傲慢と殉職」「オトコはなぜ旅に出るか」「自分の影につまずく」「いつ死んでもよくない」「池内紀通信」の九篇は、同じ「週刊朝日」の連載をまとめた単行本『生きる！』（新講社　二〇二〇年七月刊）より収録しました。

ちくま文庫

老人《ろうじん》は荒野《こうや》をめざす

二〇二四年四月十日　第一刷発行

著　者　嵐山光三郎（あらしやま・こうざぶろう）
発行者　喜入冬子
発行所　株式会社　筑摩書房
東京都台東区蔵前二―五―三　〒一一一―八七五五
電話番号　〇三―五六八七―二六〇一（代表）
装幀者　安野光雅
印刷所　明和印刷株式会社
製本所　株式会社積信堂

ISBN978-4-480-43948-2 C0195